夫の居る家

瀬戸みゆう

編集工房ノア

「夫の居る家」　目次

装幀　森本良成

退院予定日

二〇一二年、七月三日。夫が亡くなった。

この一行を書いては消し、書いては消しを繰り返す。……なかなか前に進めない。前どころか、どこに向かって書こうとしているのか、それすらよくわからない。

「死」の記憶そのものはまだ何も整理されず、頭の中に散乱したまま押し込まれてある。遠くに飛ばされたものもある。裏返っているものもある。その中のどれかひとつを拾い上げることができれば、運よく次につながっていくかもしれない。

わたしは辛抱強く、「夫が亡くなった」の次につながる記憶の断片を探そうと試みる。夫が亡くなってからどれほどの月日が経ったのか。数えてみたこともない。考えまい、思い出すまいと思う自分がいる。

夫が亡くなったあの日は、……。

そうだった、とても暑い日だった。その日からわたしはわたしではなくなった。一人の人間がこの世から消えるというのは、とてもやっかいなことであることがわかった。彼の生きた証しをひとつひとつ、丁寧に葬ってやらなければならない。ひとつ残らず、全部に目を通し、つじつまを合わせなければならない。どんな小さな記録だって見逃せない。

　つじつま合わせでわたしの頭は半分おかしくなりかけていたに違いない。どうして「ここ」にいるの？　「ここ」にいてはいけない、早くあの人を連れて「あちら」に帰りなさい、と頭の中でいつも誰かの声が聞こえていた。「あちら」というのは、山口県にあるわたしの生家。

　さして驚くことではないが、「ここ」で同居をしていた息子夫婦は、夫が亡くなってもあまり悲しまなかった。二歳の孫娘が、

「おじいちゃんはね、おおきなはこのなかにはいっていたよ」

と無邪気につぶやくと、二人は声を上げて笑う。彼らの反応が気に入って、孫娘はその言葉を日に何度も口にする。そして、

「おじいちゃんは、いつかえってくるの？」

と問う。

　夕飯時になると、いつものように、

「おじいちゃあーん、ごはんですよぉ」

と吹き抜けから二階に向かって大声で呼ぶ。その時に限り、彼らは神妙な顔付きになり、

「おじいちゃんはね、もういないのよ。おじいちゃんは、もうご飯を食べることができないの」

と教える。ちょっとかなしそうに顔をうなだれながら。

夫の前ではいつも無言でおとなしかった息子は、人が変わったようにえらそうにし始めた。夫と同じように腕組みをし、わたしにあれこれ意見をする。邪魔者は消えたぜ、みたいなセリフが似合いそうな不良じみた目で。夫の遺産分割のことになると、急に目が生き生きとしてくる。

ヨメはヨメで、これまでから、

「おとうさんはいつまでこの家にいるんですか。初めの約束では、同居するのはあと二年ほどと言っていたのに、その二年が迫ってきてもいっこうに出ていく気配はないし、……教育者のくせに、おとうさんは嘘つきだと思います。おとうさんが出ていかないのなら、わたしが出ていきます」

と言って、本当に二度ほど家を出て行った。

夫がいない時、彼女は時々ハメをはずした。テレビの人気少女グループの歌を孫娘と一緒に歌いながら、複雑極まりない（とわたしには思える）その振付けを、見事に踊り通し、（もちろん、夫がいたら絶対にできないことである）、息子の拍手を浴びてとても楽しそうだった。

わたしは相変わらず、彼らの食料調達、およびメシタキババであったが、もうメシを作ることにも彼らに気を遣うことにもうんざりしてきて、チキショー、ヤーメタ、こうなったらもうこっちからお断りだ、何もかも放り出して家を出て行ってやるって感じで、一年九か月余りの彼らとの同居生活に終止符を打つことを決意した。

もう二度と「ここ」、この家には帰るまい。

息子へのささやかな反抗として、「ここ」の土地の所有権（二分の一）はわたしが死ぬまで持ち続けると主張し、文書として残した。そのことは、夫がまだ生きていた時、二人の間でひそかに再確認をしていた事実でもあった。

わたしは夫と長年暮らした神戸の自分の家から、「あちら」となる山口県の片田舎の古い生家へ引っ越しをした。

昨年の十一月の終わりであった。

二十年前に亡くなったわたしの父の遺言状があり、いずれ継がなければならなかった生家へ戻ってきた、ということになる。夫と二人ではなく一人で。

四十八年ぶりのふるさとは、知らない人ばかりであったが、わたしを静かに受け入れてくれた。

荷物の片付けに疲れるとわたしはホームセンターに車を走らせる。花の苗を段ボール箱にいっぱい買ってくる。荒れ果てた前庭の草を引き、植える。前庭は広い。わたしは別の場所の草引きをし、またホームセンターに走る。少し遠いホームセンターにも行く。なぜかホームセンターだらけの田舎なのである。

毎日、毎日、わたしは片付けと、荒れ果てた庭の土を掘り返すことに没頭した。

今は、寒さの底にいるらしい。らしいと感じるのは、今日が何月何日なのかをほとんど意識せずにいるからだろう。

カレンダーはある。生家の菩提寺で、熱心に正信偈《しょうしんげ》の勉強をしているという八十三歳の叔母からもらったものだ。

「参れると思うて参れぬお浄土へ本願力にて往生す」

と、三月の格言である。

えっ、三月？　本当はまだ一月の十日過ぎである。

ようやくわたしは、うっかりと二枚分破り捨てたことに気が付くのだ。

順序良く並んだ数字は、あの日までは、予想不可能なことを知らせる恐ろしいものであった。だが今は違う。ただの数字の羅列である。いや、そうでもあるまい。次に予定されている誰かのための、カウントダウンを示す数字とも読める。

さあ、どなたさまですか、次にあちらに参るのは。

わたくしは、まだ、あれこれつじつま合わせの片付け事がございますので、一度、パスをさせていただきとうございます。どちらさまも、どうぞご遠慮なく、ご自由に。勝手勝手にお浄土とやらへ参ってくだされい。


まだ神戸市に住んでいた、およそ半年前の七月三日。

その日は、末期のガン患者であった夫が、入院中のS大病院から、「緩和ケア医療」の施設を持つさくら病院への転院の日だった。

その一週間前、主治医のKドクターから、もうどう手を尽くしても、治癒することは不可能であるとの告知を受け、「緩和ケア医療」への転向をすすめられた。少ない予備知識として、治癒不能の患者は大学病院では嫌がられる（?）と知っていたので、わたしには覚悟はできていた。

が、夫は、なぜもう抗がん剤を打ってくれないのか、なぜ残された時間は少ないのですと言われるのか、よく理解できないようであった。夫は、毎日病室に見舞うわたしが、時折、「緩和ケア医療」の施設に詳しい若い職員に呼び出され、廊下でひそひそと話をしているのを、大変いぶかしい目で見た。こそこそと、オレに内緒で、裏で何を進めとるんやと言いたげな顔であった。

その職員が、Kドクターの回診の時、「さくら病院」を強く推薦してくれた。転院の三日前のことだった。理由はわたしの家から一番近い所にある病院だからだ。

そう、さくら病院は家から歩いて三分の所にある。三十年ほど前に開設された。どちらかというと評判の悪い病院である。

開設当時から、さくら病院と近隣住民の間にはもめごとがあり、それは今も解決されることなく続いている。住民との意見のズレや未解決の問題をムシして、病院はどんどん増設されていった。

近所の人たちは当然のことであるが、さくら病院では決して診てもらわない。

さくら病院はとても繁盛している。

もう死ぬとわかっている病人を、よその病院ではもう手のほどこしようのない病人を、そういう人ばかりを優先し、特別に受け入れてくれるらしいよ。もちろん、そんな人は入院してもすぐに死ぬ。だからほら見てごらん、病院の屋上には、いつもカラスがとまっている。大きなあいつが病院のヌシ。……。そんな理由であそこは儲かっているらしいよ……とかつて人から聞いたよくないうわさの本質は、つまりは「緩和ケア医療」という分野であることを、わたしは、その日の主治医のKドクターと専門の職員からの詳しい説明で知った。

「当大学病院には、残念なことに、緩和ケア医療に関する病棟や設備がまだ整っていないのです。できればそういう施設のある病院に転院をしていただき、患者さんに残された、限られた大切な時間を、苦痛のないようにおだやかに、そして有意義に過ごしてもらいたいのです。幸いに、さくら病院さんはこの分野では名もあり、確かな業績があり……」

若い職員はさくら病院をほめちぎった。Kドクターもさくら病院の看護師の優秀さを指摘し、

「人のうわさというものは、あんまりあてにならないものが多いものですよ。現にこのわ

たしだって、病院の外ではどう言われているか、わかったものではありませんから」と渋面の崩せないわたしを諭した。

さくら病院への転院を、夫はわたしのように顔をしかめることなく、うんと頷き、あっさり了承した。本心はどうだったのだろうか。もう良いか悪いかの判断すらできない状態だったのだろうか。それとも、転院後は（ゆっくりと歩いて）家に帰ることだってできる、と思い巡らせていたのだろうか。今となってはその本意を確かめるすべもない。

つまりは、夫が亡くなってから、およそ半年が過ぎたことを、わたしはうっかり破り捨ててしまったカレンダーから知った。

夫が亡くなる寸前まで、大事にしていた黒いセカンドバッグを、わたしは段ボール箱の中から取り出し、手に取った。セカンドバッグを見るなり、あの日のあの時が、目の前に立ち現れる。命を引き取る瞬間、何か怖ろしいものに出くわしたように目をかっと開けて驚き、「あっ、もうアカン」と言った夫の顔が思い出されるのがイヤで、今まで手に取ることを避けてきたのである。

元来ケチな夫であるからそれほど高級なものではないだろう。タブには羊の皮とポリエステル製の表示がある。縦十七センチ、横二十四センチ、マチ幅十センチほどのセカンドバッグ。片方の端に、輪っかの長さが四十センチほどの持ち手がついている。夫の大きくて太い手がかつかつ入る。

長年見慣れたバッグである。思い出せば、帰省の時も何度かの外国旅行の時にも、そのセカンドバッグはいつも夫の左手首にかかっていた。人混みの中を歩く時、夫は輪っかに手を通したままセカンドバッグを脇に挟み、さらに右手でそれを隠すようにしていた。何十年も見てきた用心深い夫の姿。

入院中、夫の左手首には、セカンドバッグの黒い輪っかではなく、らせん状の伸び縮みするみどり色の輪っかがはめられていた。貴重品を入れる引き出しのカギがひとつ、ぶら下がっていた。貴重品はもちろん、羊皮とポリエステル製の黒のセカンドバッグ。

ずしりと重かった。

重いはずだ。セカンドバッグの中には、四つ折りになったさまざまな書類や手帳などがぎっしりと入っていた。

入院前まで館長として勤めていた垂水区の児童館の職員用緊急連絡網。神戸市立校園一覧表。退職校長会名簿。二年ほど前からの、大学病院での血液検査の結果と診断表および再来受付表。ゴルフの仲間の一覧表。ゴルフコンペの成績表。介護保険の納入表。ジェムザール療法（痛みを和らげる末期ガンの療法の一つ）についての注意書数枚、……。

手帳には半年先までのゴルフの予約がすでに書き込まれている。その年の最後のコンペは十二月十日。「センチュリー吉川」とメモが。

他に分厚い文庫本も一冊。『ゴルフ思考法』の本。「練習しなくても本番で結果が出せる」と表紙に銘打ってある。

そのゴルフの本に挟まれていたのが、

「夫の一周忌の挨拶の例」と題のある印刷物。

（夫の一周忌とは？）

よく見ると、法要の挨拶について、ネットで検索したものをプリントアウトしたものであった。４ページ分ある。

印刷物は、

「喪主始めの挨拶　本日は皆様お忙しい中を亡き夫の一周忌にお参りいただきまして、ありがとうございました。……」

と始められていた。その文章の「夫」のところが「父」にと鉛筆の走り書きで訂正され、「一周忌」も「十七回忌」に書き換えられてあった。

読み進むと、

「……ささやかではございますが、お食事をご用意いたしました」のあとに挿入の記号があり、「お父さんはお酒が大変好きで、にぎやかな席をいつも喜んでおりましたので」と手書きの文が入り、

「ごゆっくりご歓談くださいますようお願いいたします」で結ばれていた。

全文をゆっくり読み通しても、一分もかからないその挨拶は、もちろん、父の十七回忌の時に夫が言ったものだ。鮮明に覚えている。

というのも、夫の挨拶が終わるやいなや、座の一角から突然、大きな拍手が沸き起こったからだ。拍手をしたのは義兄であった。義兄は生家から車で二十分ほど離れた隣の町に住んでいる。夫を子分のように従わせ、威張るのが常の男であった。

「バカじゃねえ、こがいな法事の席で、拍手なんかするもんじゃないよ」

義兄のヨメ、すなわちわたしの姉が肘でつついて咎めると、

「そがいなことは言われんでもわかっちょる。わしゃあ、今の見事な挨拶に感心したんじゃ。挨拶というのは、短ければ短いほどええという見本のようなものじゃ」

と義兄は夫を大いに持ち上げたのだった。持ち上げられたのは後にも先にもこの一回だけだった。

この時夫は、いなかのわたしの生家を継ぐということを真剣に考えていたのだ。だからこそ、ネットで挨拶例を検索し、文面まで考えて法事の会食の席に臨んでいたのだ。わたしが今まで知らなかった夫の一面であった。夫はもっとすべてにおいて、無頓着であり、とんでもなくものぐさであると思っていたから。

転院の前の日に、わたしは夫の許可を得て、左手首のみどりの輪っかを抜き取った。保険証を探し出す必要があったのだ。輪っかはするりと抜けた。皺だらけの腕は竹のように細かった。輪っかのあとが、手首の周りに、シミでできた点描画のような細い線となって残っていた。

保険証を見つけたついでに、ちょっとふざけ半分に、セカンドバッグの中の雑多な四つ折りの書類をかきわけていると、見たことのない通帳を一通、わたしは見付けたのだ。

「これは何？」

「えっ？　うっ」

とっさに夫の目がうろたえたように思えた。

「わっ、何これ、たくさんお金があるやんか。一、十、百、千、万、十万、……」

「しっ！」

夫は人差し指を口の前で立てた。

「ここで余計なことは言うな。……それは○○にやってくれ」

口内の激しい渇きと強いモルヒネのせいで、夫はうまく言葉が言えなくなっていたが、その時ははっきりとわかる発音であった。○○は息子の名前であった。

（わあー、なんでや。なんで息子やねん。あんな親不孝者に、なんでや）

と言い返したかったが、それを押しとどめたのは、雑多な書類の間に通帳を忍ばせ隠しておくという、夫のどこか間の抜けた用心深さに、あやうく涙をこぼしそうになった自分をごまかさなければならなかったからだ。

「わかった。家に帰って、確かに、確かにあの子にこれを渡しておくから、安心してね」

わたしはつとめて平静な声で答えた。

夫はうんと頷き、空間の一点をじいっと見詰めた。ここ数日、夫の目は同じ空間を見詰め続けている。その目付きはだんだん険しくなっているのだ。

夜八時。

いつも病室を出る時間だった。あまり遅くなると、神戸駅構内にある「愛菜《あいな》」という惣菜の店が閉まってしまう。わたしは、二度目の家出中のヨメの代わりに、夜遅く帰ってくる息子のための夕飯を用意しなければならないのだ。もちろん、ここ一か月間、ずっと惣菜屋のおかずで日々を過ごしている。それに明日は転院の日だから、それに向けていろいろと準備もしなければならない。

「もう帰るからね」

「もっ…と…」

いつもの返事とは違う。

「えっ？　何？」

「もっと、おって、くれ」

三十度ばかり体を起こした夫の眼は、さきほどと同じように前方の壁を見ていた。異様な目付きであった。夫の眼はもう、わたしには見えない何かを見ているのだと思った。その何かはとても恐ろしいものに違いない。

「夕べ、不思議な夢を見た」が、

「何ともいえん、恐ろしい夢を見た」に変わり、どんな夢？　と尋ねても夫は答えることができなかった。その恐ろしい夢が現実に目の前に見えているのだろう。

「もう、ちょっと、……おって、くれ」

「わかった。もうちょっとここにおるからね、安心して」

「ああ……」

夫の返事を聞きながら、残酷にもわたしは、ああ、愛菜が閉まってしまうとそればかりを考えていた。今夜のおかずをどこで買おうかと、そればかりが気になっていた。


七月三日。午前十時前。さくら病院に転院。

転院後、受け入れの連絡がついてないらしく、（実際は、寝過ごしたわたしが、診察券を受付に出すのが遅れたため）処置室で一時間近く待たされた。痛み止めのモルヒネはもう切れていた。

先にモルヒネの点滴をすることもなく、レントゲン室に運ばれ（何のために？）やっと

個室に移された時、夫は「はよ、てんてきを……」と歪めた顔で訴えながら、一回大きく息を吸ったあと、

「あっ、もうアカン」と言って、死んで行った。

「酸素マスクを、酸素マスクを、早く、誰かお願いします」

わたしの叫び声を聞き、若い医者があわてて部屋に飛び込んできた。彼はそれまで転院してきた夫にはまるで無関心であったのに。

屋上のカラスがアンテナの上にぴょんと飛び移り、カアーと一声鳴いている。


もう一枚、印刷物があった。

Kドクターによる退院予定の診断書である。

そんな書類を、いつ渡されたのだったか。全く記憶はない。初めてみる書類で、やたら空欄が多かった。記入されていることは、

・退院予定日　七月三日
・退院後に特に気をつけること　特になし。

それだけであった。

「いつ、何が起きてもおかしくありません。残された時間はそう多くはないのです」

大学病院に入院したその日から、Kドクターにはすべてが見えていたのだ。それでもなお、希望を持たせ、転院をさせる必要があったのだろうか。考えはいつもそこに至る。

隣人

アパートの十階の、サーラ（広い居間）のベランダから通りを見下ろしていると、水色の荷台を持つ「水売り」のトラックがやってくるのが見えた。スクールバスに乗る子供を見送ってから、一時間ほど経っていた。

毎週、火曜日と金曜日に、飲料水を売るトラックがやってくる。

わたしはあわてて台所に行き、空の水瓶を両手に一つずつ持った。水瓶は二十リットル入りの一抱えもあるものであるが、プラスチック製なので、空の時はわたしの力でも簡単に持ち運びができる。Gパンの左ポケットを上から触ってそのふくらみを確かめる。さきほど、手提げカバンの中から財布を取り出し、十クルザード札二枚とチップ用に小さなお札を数枚、小さく折り畳んで入れておいた。

水は一瓶、十クルザードである。

一人で外に出る時は、決して大金を持ち歩かないようにと、いつも夫から口うるさく注意をされていたが、その朝わたしは、何ということもなく、さらにポケットに五十クルザード札二枚を追加して入れていた。

日本人学校に勤める夫に従い、小学三年生になる子供と共に、アマゾン川の中流にあるマナウスの町に移り住んで、まだ十日ほどしか経っていない。もちろん、この国の言葉であるポルトガル語は全くわからない。来てすぐ覚えたのは、お金の単位の「クルザード」と十までの数、ありがとうの「オブリガード、オブリガーダ」、それに水を意味する「アグア」という単語であった。

マナウスはアマゾンのど真ん中に開けた古い港町である。近代的な設備の整った町である。町の中心街には背の高いアパートがにょきにょきと建ち並び、エレベーターも完備していた。アパートの一軒分のスペースは広く、サーラに卓球台を置いても邪魔にならない。わたしの一家が住むことになったその古いアパートには、三つもトイレがあった。それが普通であるらしいが、引っ越してきた時、そのうちの二つは故障したままだった。直しても直しても、すぐ故障するのだ。

町の幹線道路には、型は古いが、アメリカやヨーロッパ製の車が溢れ、黄色の車体のフォルクスワーゲンがタクシーである。

ジャングルの中にある小さなマナウス空港は、国際空港であった。

だが、水には問題があった。町の南側を流れる、褐色のネグロ川の水を汲み上げ、簡単にろ過をしただけのものを水道水として供給していると聞いていた。洗濯機に溜まる水はコカコーラを薄めたような色をしていた。

部屋を出ると、一坪半ぐらいの小さなエレベーターホールがあり、それはこの階にある我が家と隣家の人だけが使用する専用のホールであった。別の言い方をすれば、隣家との共用の玄関口である。他人が勝手に立ち入ることのできない場所でもある。「T」(テーハ地面を意味する)にあるエレベーターのドア前には、二十四時間、グアルダ(門番)がいて、住人以外の出入りは常に監視されていた。

わたしは二つの瓶と一緒にエレベーターで「T」に降りた。自分でドアを開けてエレベーターの外に出た。いつもなら、グアルダが外からドアを開けてくれるのだが……。顔なじみになった縮れ毛の陽気なグアルダは、珍しくそこにはいなかった。

「T」にある駐車場に、水色の大きな柵の中に、何重にも水瓶を積み上げたトラックが、頭から斜めに突っ込むようにして停まっていた。濃いブルーの作業着を着た褐色の小柄な男が、いくつもの瓶を軽々と肩に乗せてトラックから降ろしていた。わたしは空瓶を持ってその男に近付いて行った。

「……アグア」

男に空瓶を見せた。

「OK、ヴィンチ、ヴィンチクルザード（二十クルザード）」

男は初めて接するわたしに、別段驚く様子もない。指を二本立て、ずいぶん前からの知り合いのような笑みを浮かべている。

二十クルザードを支払い、空の瓶と満タンの瓶を交換した。

さて、その満タンの瓶を二つ、エレベーターの中まで運ばなければならない。いつもは、陽気なグアルダが気を利かせて運んでくれるのだが、そのグアルダが今日はいないのだ。わたしは右手で瓶の首を握り、左手を瓶の底の方に当てた。一本ずつ、斜めにして転がすしかない。

「………」

ふいに背後から早口の言葉が聞こえ、すっと水売りの男の手が伸びてきた。男はエレベーターの方を指差し、また早口で何か言った。運んでくれるということだろう。見当をつけて「はい」と言うと、男も慣れた発音で「ハイ」と返し、エレベーターの中まで二つの瓶を運んでくれた。

「あっ、オブリガーダ、オブリガーダ」

「ジ・ナーダ、セニョーラ（何てことないさ、奥さん）」

男は前よりも人なつこい笑顔になり、ずっとそこに立っている。

何？　ああ、チップ。わたしはあわてて左のポケットを探り、最初に指がつかんだお札を男に渡した。男はちらりと札の種類を確かめ、えっ？　と目を丸くして驚き、ついでにピューと口笛を吹き、素早い手付でそれを作業着のポケットに押し込んだ。

（しまった、お札を間違えた……）

わたしはうっかり、後からポケットに入れた五十クルザード札を渡してしまったのだ。一度渡したものを、間違えました、取り替えてくださいなんて言えない。言葉がわからない。わたしは気が付かないふりをして「チャオチャオ」とおおげさに手を振り、エレベーターのドアを閉めた。

また損をしてしまった。わたしは迂闊な自分を心の中でののしった。ポケットに五十クルザード札を追加すべきではなかったのだ。五十クルザードと言えば大金である。日本円にすれば八百円から千円ぐらいになるだろうか。牛フィレ肉のかたまりが一本買える。

エレベーターが十階に着いた。ドアが閉まらないように片足を置いてブレーキにし、瓶を傾けながら、少しずつ転がすことを何度か繰り返し、どうにかホールに移すことができた。目の前のドアを開け、部屋の中にすべりこませれば、今日の大仕事は終わりだ。あとは、夫が帰ってきた時に台所まで運んでもらえばいい。

あっと気が付いた。

カギが閉まっている。

空瓶を両手に持ち、あわてふためいて部屋を出た時のことを思い出す。カギの有無を確かめる余裕がなかったわけではない。が、開け放たれたサーラの窓から勢いよく風が吹き込んできて、お尻を押されるようにドアが後ろでバタンと閉まったのだ。

あわててポケットを探るが、やはりカギはない。カギは財布の入った手提げカバンの中である。お札のことで頭がいっぱいだった。おまけに、ドアが自動ロックで閉まることさえも頭から抜けていた。

どうしよう。

隣家の人に頼もうか。いや、隣家はずっと留守である。

日本の進出企業であるサンヨー電気の、駐在員の石田さんが住んでいることは知っている。石田さんとはここに来る飛行機の中で偶然にも隣の席になった。単身赴任であると聞いた。そして、別のアパートに住む予定であった我が家が、幼い子供のいる若い同僚一家に代わって、まるで、最初からの決まり事のように、石田さんの隣に住むことになったのである。

だが、彼は今、サンパウロにいる。つい数日前の夜遅く、石田さんが突然我が家を訪ねてきて、

「また一か月ほど、サンパウロに出張に行ってきます。留守の間、よろしく。サンパウロで新鮮な白菜でも買ってきてあげましょう。あちらには、いろいろと日本の食べ物がありますからね」

と言って別れたばかりだった。石田さんはもう五年も単身赴任の生活が続いているらしい。年齢は四十五歳ぐらい。アマゾンのインジィオの子孫と言ってもおかしくないほど、小麦色に焼けた艶のいい顔をしている。

ホールで考え込んでいる間にも、ひっきりなしにエレベーターが上がったり下がったりするが、十階に止まることはない。ホールは完全に密閉された四角い空間になった。蒸し風呂の中にいるようである。

ああ、とわたしは溜息をつく。この一枚のドアの向こうには、風通しのいい、見晴らしのいいサーラがある。ついさっきまで、わたしは、窓を全開にして、そのベランダに立っていた。町の南側をゆったりと西から東に流れる、まるで海のようなネグロ川の、広い川面を渡ってくる風を体いっぱいに浴びていた。

一体どうすればいいのか。

タクシーに乗って夫の勤める学校まで行き、合いカギを借りるというのはどうか。だが、言葉も住所もわからないのに、どうやってタクシーの運転手に行き先を告げればいいのか。そもそも、ポケットのお金だけでタクシー代が足りるのかどうか。もし、学校に無事着いたとしても、夫は、アホかお前は。ほんまにどんくさいヤツや。集中が足りんのや、集中が。ぼーっとしとるからや、と太い大きな声で叱りつけるだろう。それはもうごめんだ。

ではどうする？　このまま、夕方まで待つのか。このクソ暑いホールで。想像しただけでツーっと背中を汗が伝い、貧血を起こしそうになる。

その時、隣家でゴトリと音がした。わたしは壁に耳を当てた。音はサーラの方から聞こえる。ゴトリッ、ゴトリッと、何か重い物を引きずる音。ペタペタ、ペタペタ。歩き回るスリッパの音さえ聞こえる。

石田さんが帰ってきている。石田さんがいる。きっと仕事の予定が急に変わったのだ。

わたしの頭の中に、妙案が閃いた。

アパートの外観は細長い直方体である。十五階まである。各階は二軒ずつ。「T」の中央奥にあるエレベーターを境にして、わたしの家と石田さんの家は左右に分かれている。左右は対称の造りになっている。つまり、石田さんの家のサーラとわたしの家のサーラは背中合わせになっているということである。ふたつの家のサーラのベランダは、壁で仕切られてはいるが、それは壁ひとつ分の仕切りだけである。壁ひとつ分は、わずかにブロックひとつ分の四十センチほどの厚みだけ。それだけである。

部屋に入ることができる。ベランダ越しに。

わたしは隣家のチャイムを鳴らした。石田さんがどんな顔をして現れるか。わたしは胸をわくわくさせて待つ。

「は——い」

日本語であるが、張りのある女の声。やはり背中合わせになった台所の方角からドアに近付いてくる。

女？　単身赴任と聞いていたが……。わたしの胸のわくわくは別のモノに変わった。ドアが開くのをドキドキしながら待つ。

だが、ドアは開かない。カギ穴を探る音も聞こえない。

「どなたですか?」

ドアの向こうの声がのんびりと訊ねる。

「あっ、向かいの部屋の者ですけども、ちょっとお願いごとがあるのですが」

「はい、何でしょうか?」

やはりドアは開かない。

わたしは少しいらいらしてきた。顔を見なければ詳しい説明もできない。だが、一向にドアが開かないところを見ると、相手は顔を見られたくないのかもしれない。わたしは苛立つ気持ちを押さえ、さっき「水売り」が来たので水を買いに行ったのだが、ついうっかりしてカギを持たずに家を出てしまった。幸い、サーラの窓は開いているので、もしよろしければ、ドアを開けていただき、お宅のサーラのベランダからうちのベランダへ、回らせて欲しいのですが、……と困っている事情を話した。そしてしつこくもう一度繰り返す。

「ドアを開けていただけませんか」

「申し訳ないのですが、それはできません」

と女はすげなく言う。

「いえ、あの、それはできますけどね、できません。……いや、できませんけどできます。……」

「……」

女はまた謎のようなことを言う。ますますわたしの頭はかっかとなり、汗が一気に染み出し、考えが混乱してきた。

「よくわかりませんけど、わかりました。このドアを開けなくていいですから、どこからでもいいですから、とにかく、お宅の家の中に入らせてください。今、とても困っているのです。そうそう、わたしは別にあやしい者ではありません。日本人です。十日ほど前にここにやってきました。石田さんとは飛行機の中で一緒でした。偶然にも隣の席でした。いろいろとマナウスのことを教えてもらいました。マナウスはいい所ですよ、と教えてもらいました。石田さんが今、サンパウロに出張されていることも知っています。でも、もしかしたら、予定より早く帰られたのかなと思ってチャイムを押してみたのですが、ご迷惑のようですね。でも、決してわたしは怪しい者ではありません。夫は日本人学校の教師をしております。学校に電話していただいても結構です」

わたしは四角いホールの中で叫び続けた。

「あのね、奥さん」

女がおだやかにわたしの話を遮った。女の声は急に年寄りじみて聞こえた。

「わたしは実は、石田さんの留守を預かっている者です。まあ、女中と言った方が奥さんにはわかりやすいかも知れませんね。週に一度通って来て、掃除や洗濯のお仕事をさせてもらっているのです。お宅のことは、ご主人の石田さんからお聞きして知っています。で、どう言えばわかってもらえるのか……。わたしはこのドアのカギを持ってないのですよ。ご主人から預かってないのですよ。だから開けることができないのです。すみませんが、裏口の方に回ってもらえますか。そこのドアは開けることができますから」

なんだ、そういうことか。ほっとして気が抜けた。

「わかりました。では裏口の方に回ります」

わたしは水瓶をホールに置いたまま、エレベーターに乗り、「T」に降りた。

やはり縮れ毛のグアルダはいなかった。自分でドアを開け、エレベーターの裏に回る。そこにもエレベーターがある。ちょうど、表のエレベーターと背中合わせになっていて、こっちの方は荷物専用である。プロパンガスや生ゴミや、水売りが宅配する水瓶もこのエレベーターで運ばれる。床板はざらざらで、生ゴミの臭いが染み込んでいる。十階でエレベーターを降りる。そこはわたしの家と石田さんの家の、裏口の前である。

わたしは裏口のブザーを押した。けたたましい音がした。「は――い」とさっきと同じのんびりとした声が聞こえ、すぐにドアが開いた。六十代半ばぐらいの背の高いおばさんがわたしの前に立っていた。白い日本の割烹着を着ていた。

「とにかく、中に入って。すぐカギを閉めて」

おばさんは言った。

わたしはドアのカギを閉め、おばさんのあとに続いた。入ってすぐの細長い洗濯室で、おばさんは立ってアイロンがけをしていたようだった。アイロン台の上に、石田さんのものらしいYシャツが広げてあった。ぬくもった糊の匂いがした。台所を抜け、サーラを横切り、ベランダに出た。

「ほらね、ここ。たった四十センチほどですから、それを越えてわたしの家のベランダの中に飛び移れたら、部屋の中に入ることができます。そうすれば中からドアのカギを開けることができます」

わたしは得意になってしゃべった。自分でベランダを越えるつもりでいた。だから、もうベランダの柵に両手をかけていた。

「だめだめ、奥さん、何するつもり？　下を見てごらんなさいよ。どれだけの高さがあると思うの」

下を見た。思わず身震いした。通りの向かいにある酒場に出入りする人が、マッチの軸ほどに見えた。

「そうだ、下の若いグアルダにやってもらいましょ」

左手の掌を右手の拳でポンと叩きながら、おばさんは言った。

「でも、グアルダは、今日はおりませんよ」

「あら、おりますよ。さっきここに来る時、わたし、ちゃんと見ましたもの」

おばさんはもう裏口の方に向かっていた。わたしは小走りで後を追う。

「T」に降りた。ぐるりと表側の「T」に回る。縮れ毛の陽気な若いグアルダが、いつものようにそこにいた。

「ほらね」

とおばさんはわたしの方を振り向いて言い、続けて、怒鳴りつけるような調子のポルトガル語でグアルダに何かを話しかけた。おばさんのポルトガル語はあまり上手とは思えなかったが、彼には十分通じているようだ。グアルダが一瞬、「えっ」と顔をひきつらせたのを、わたしは見た。グアルダは恐がっている。グアルダはうつむき、考え込んでいる。なかなか決心がつかないような様子だった。おばさんの口調はさらに強くなる。何を言っているのかはわからないが、おばさんの顔付きや身振り手振りで、

「あんたってやろうは腰抜けかい。グアルダは強いんだろ。そのピストルは何のために持ってるのさ。隠し持っている腰のナイフは何に使うのさ。そうだろ、あんたは強い。強くなきゃ、誰もあんたを雇ったりはしない。それに、ブラジルの男っていうのは、女の頼み事は絶対に聞くもんだよ。あんた、男だろ。一級のブラジル人だろ」

そんなふうにわたしは勝手に想像していた。

「いいさ、やってやろうじゃないか」

グアルダはおばさんの勢いに負け、立ち上がった。

三人で裏のエレベーターに乗った。十階で降り、隣家の裏口から中に入った。

「靴のままでいいよ」

とおばさんが振り返ってグアルダに言った。本当は、入口で靴を脱がなければならないのだ。

ベランダに行き、グアルダは柵に両手をかけ、身を乗り出して下を見た。「わっ」と驚きの声を上げ、後ろに引き下がった。

「さっさとお行き、ぐずぐずするんじゃない。あんた男だろ」

おばさんがすごみのある声でまたグアルダを叱りつける。グアルダはしぶしぶと柵に登った。

「下を見るんじゃない。しっかり前を見て」

グアルダの体は柵の向こう側の、五センチほどのコンクリートの縁の上にあった。両手でしっかりと柵をつかんでいた。彼の足はぶるぶる震えていた。よく磨かれた黒い革靴を履いていた。その細いつま先で縁の上に立っている。うっかり足を滑らせたら、一巻の終わり。彼の体は数十メートル下に落ち、もちろん即死だろう。

わたしはもう見てはおれなかった。彼が死ぬようなことになったら、どうしよう。元はと言えば、わたしが家のカギを忘れたからで、わたしが悪いに決まっている。わたしは間接的に殺人をおかしたことになる。どうか落ちませんように。わたしは震えながら手を合わせて祈っていた。

彼は今、柵をもった左手で体をしっかりと支え、右手でじわじわと、四十センチほどのブロックの表面を這っている。体を柵に密着させたまま、つつ、つつと少しずつ革靴のつま先を横に移動する。ああ、あと数センチ。がんばれ。おばさんのゲキが飛ぶ。

彼の顔は恐怖で引きつっている。あんた、もうちょっとだよ、おばさんの声も震えている。やがて、ブロックの表面を這っていた彼の右手が、我が家の柵の端をがっしりと握った。彼は右手でぐいと体を引き寄せ、頭からベランダの中に飛び込んだ。次の瞬間、彼の体はくるりと一回転し、見事にベランダの中に着地した。

「わあー、やった――」

わたしは大声で叫びながら隣家のサーラを飛び出した。裏口を出て、裏のエレベーターに乗り、「T」に降り、表に回って、再びエレベーターに乗り、十階で降りた。

我が家のドアが開いており、グアルダが笑いながら待っていた。

「わあ、ありがとうありがとう、オブリガーダ、オブリガーダ……」

涙が込み上げてきた。ふと見ると、ホールに置きっ放しにしていた水の瓶まで、家の中に運び込んでくれている。どこまで気の利くグアルダなのか。このうれしさをどう表現すればわかってもらえるだろう。

グアルダは黙って待っていた。何を？　ああ、そうか。

わたしはポケットを探る。確か五十クルザード札と、数枚のお札がある。一度五十クルザード札に指が触ったが、わたしは数枚の小さなお札を取りだした。数えてはないが、合せて七、八クルザードはある。わたしはそれを「ありがとう」と何度も繰り返しながらグアルダに渡した。グアルダはそれを受け取り、いつもの笑顔を浮かべた。何でもないよ、という顔だった。

グアルダは下に降りて行った。わたしはまっすぐ台所に行き、手提げカバンの中からカギを取り出し、ポケットに入れた。これから先、何があっても、カギだけは身に付けておこうと、自分に言い聞かせる。

おばさんにもう一度お礼を言わなければならない。わたしは裏のドアを開け、隣家のブザーを鳴らした。

「は――い」

相変わらずのんびりとしたおばさんの声。アイロンがけの続きをやっているらしい。ドアが開くと、むっとした熱気が体に押し寄せてきた。

「本当にありがとうございました。おばさんのおかげで助かりました」

深く頭を垂れた。それだけでは何か足りない気がした。ポケットを探るまでもなく、五十クルザード札が残っているのはわかっていた。わたしはそれを取りだし、おずおずとおばさんに差し出した。

「こんな物では足りないのはわかっていますが、わたしの心からの感謝の気持ちです」

おばさんの顔が突然、恐ろしく豹変した。

「奥さん、こいは何ね。何ばしとっとかね。わたしゃ日本人ですたい。長崎の女ですたい。こがに落ちぶれても中身は日本人ですたい。こげなもん、死んでも受け取るわけにはいかんばい」

と、グアルダを叱りつけていたのとそっくりな口調で言い、

「なにね、奥さん、困った時はお互いさまですよ。ささ、そんなモノ、さっさと引っ込めてください。困ったことがあったら、いつでも声をかけてくださいね。女中しかできないわたしですけどね、もう五十年もここで生きてきましたからね。わたしで役に立つことがあれば何でもしますからね」

すっと元の顔に戻って言った。

「あの、今日のこと、どうか石田さんには言わないでくださいね」

「ご心配なく。人様の悪口は、わたしは言いませんよ」

おばさんは大口を開けて豪快に笑った。

わたしはしょんぼりと裏口から家の中に入った。洗濯機を回し、朝食の後片付けをした。何かがずしりと心の中に溜まっている。サーラに行く。壁に耳を当てると、おばさんが掃除機を回している音が聞こえた。ベランダに立つ。柵から身を乗り出して隣家のベランダをのぞいた。別の家のベランダのように遠くに見えた。それから真下の通りを見た。一瞬、黒い影が目の前をよぎる。地面に叩きつけられる自分の姿が見えた。

そしてスコールがやってきた

その数枚の写真を、大切にしている古いノートの間から偶然見つけ出した時、ほんの一瞬ですが、頭がくらくらしました。イヤなものに出くわしてしまったという思いでした。

わたしは顔をそむけ、それを見ることもなく、強引にノートを閉じました。元の本棚に戻すつもりでした。

写真をノートの間に挟んでいたことなど、すっかり忘れておりました。実にイヤな写真なのです。記憶から抜き取り、とうに焼き捨てたつもりでした。

それなのに、どうしてわたしは、大事なノートと一緒に保管などしていたのでしょう。

わたしはしばらく呆然と座っていました。無理やりノートを閉じたものの、わたしの心の奥ではざわざわと、その写真を見たいというつぶやきが起きていました。

それらを再び「正視する」ということは、ガーゼの下の、ちぐはぐに縫い合わされた深い切り傷を、人目に晒す行為に似ています。どこにも持って行きようのない自虐的な行為です。

まだ頭はイヤな感じでふらついていましたが、わたしはノートを開き、おそるおそるその写真に目を落としました。

それは、わたしたち一家が、ブラジルのマナウス市から日本に帰国する日の写真でした。

ざっと頭の中で年数を計算しました。もう二十年も前のことになりましょうか。

写真は、わたしの友人の一人、S夫人が（とはいえ、彼女とはそれほど親しい仲ではなかったのですが）その記念すべき日をファインダーに閉じ込め、後に航空便で日本に送ってくれたものでした。

写真の日付は、一九××年三月十五日となっておりました。

ほぼ赤道直下に位置するマナウス市は、雨季の真っ只中でしたが、その写真の撮られた午後一時ごろ、空は晴れ渡っておりました。

マナウス市にある日本人学校で、三年間の任期を終えた教師とその家族を見送るために、日本人学校の生徒と父兄が全員、市内から十四キロ離れた、エドワルド・ゴメス空港に集まっていました。

その日見送られたのは、五十六歳と六十一歳の校長夫妻（夫人の方が、五歳年上と聞いておりました。偶然でしょうか。今これを書いているわたしは当時の夫人の年齢と同じです）を筆頭に、わたしたち一家を含めた四家族でした。

エドワルド・ゴメス空港はネグロ川（アマゾン川の支流）のほとりにありました。滑走路が一本しかありませんでしたが、国際空港でした。「二十四時間営業」の空港でした。国内線はもとより、メキシコやパナマ、マイアミ経由でニューヨークへの直通便もありました。

空港とは反対方向になるマナウス市の郊外には、ホンダ、ナショナル、セイコー、シチズン……といった、日本の進出企業の集まる広大な工業団地がありました。

日本人学校は、そこに勤める駐在員の子弟のための、いわば「寺子屋」のような小さな学校でした。駐在員の任期はだいたい三年から五年ですから、子供たちの転出、転入は頻繁にありました。帰国の際には、全員が空港に駆け付け、日本人学校の「校歌」を歌って別れを惜しむというのが、あの地でのならわしでした。

「全員」とは言っても、日本人学校の生徒は、小学部、中学部を合わせてもたったの三十五人ですから、父兄以外の、親しくなった日系人などを含めても、その日そこに集まっていたのはせいぜい六、七十人ほどだったでしょうか。

夫は四十一歳になり、わたしも同じ年になっていました。一人息子のツトムは、二日前に小学部の五年生を修了したばかりでした。

写真は全部で六枚ありました。一枚の集合写真の他は、いつ撮られたのかわからぬスナップ写真でした。

S夫人がカメラを向けて、「オダ先生!」と呼びかけたのでしょう。夫が、わたしにはめったに見せぬやさしい笑顔で写っていました。別の一枚の、日本人学校の子供たちと一人一人握手をしている夫の横顔には、やっと日本に帰れるという喜びが満ちていました。もうこんな過酷な所で仕事をしなくてもいいんだー、と大声で叫んだ後のような、せいせいした顔付きをしておりました。

また別の一枚では、夫は、真面目くさった口元を作って、その場に集まってくださった父兄の方々に挨拶をしていました。それもこれも、もう少しの辛抱です。あと十分もすれば、出国扉の向こうの「あちら側」に消えることができるのですから。

エドワルド・ゴメス空港の出国手続きは簡単です。すぐそこに見える黄色い自動扉の向こうに身を移せばいいのです。扉が閉まるきわまで、握手をすることも可能です。豊かな腰と胸を持った女性の係員は寛大で、少しぐらいのことはにっこりと笑って大目に見てくれるのです。

出発ロビーから真正面に、左右に伸びるたった一本の、赤褐色の滑走路が見えるはずです。滑走路の向こうには、濃い緑のジャングルが、太いクレパスで横線を引いたように、どこまでも平たんに、遠くまで広がっています。

出発ロビーで一時間も待たないうちに、搭乗手続きが始まるでしょう。「ヴァリギー」と、彼ら特有の、「ギ」音を強調して発音する飛行機（エアバス）は、緑のジャングルと並走しながら、赤褐色の滑走路をネグロ川に向けて突っ切ります。ふいと浮き上がり、ネグロ川の川面に噴射エネルギーを叩き付け、みるみるあたり一面に、縮み織のような模様を描きつつ急旋回をして、真っ青な空を切り裂くように、上昇を続けていくのです。

Ｓさんは、思いがけなく、機嫌のよい夫の顔をカメラに収めることができたと言えるでしょう。

「オダ先生ったら、いつも恐い顔をしてるでしょう。学校で話しかける時にはすごく勇気がいるのよ」

としょっちゅう聞かされていましたから。

ああ、本筋が横にそれてしまいました。わたしの頭をくらっとさせ、今もイヤな思いが蘇る写真というのは、夫の顔のことではありません。それはわたし自身の顔のことなのです。

どの写真を見ても、わたしは端の方に小さく写っていました。その日S夫人は、帰国組の四人の教師の家族写真を、人々の間を縫って走り回りながらカメラに収めていました。彼女はいつになく張り切っていました。当然です。彼女のカメラの腕前は、駐在の夫人の中でも際立っているのです。だからとても忙しかったのです。

あまり親しくなかったわたしのことなど、ほんとうはどうでもよかったのでしょう。夫の写真を撮るだけで精いっぱいだったでしょう。わたし自身も、写真に撮られないように、あえて彼女のファインダーから逃げていたのです。

しかし、それはわたしの思い違いでした。端っこにいるわたしの顔は、その表情に狙いを定めたように、くっきりと写し撮られていたのです。呆然とした、暗い表情のわたしの顔を。

S夫人は気付いていたのです。心ここにあらずという常とう句がぴったり当てはまる、何かに取りつかれたようなわたしの顔を、何かを思い詰めているような、危うい目付きを――。

その通り。わたしは、彼女が写真を撮って回っている間中、そこから逃げ出そうとしていたのです。

この空港の、この人々の群れから。

わたしは何日も前から空港から逃げ出す方法を考えていました。実際あの時も、わたしの頭は、どうやってこの群れから抜け出そうかとあれこれ策を練っておりました。写真に撮られたあの瞬間、わたしは逃げ出すことに成功した自分の姿を頭の中で追っておりました。

わたしは空港の外の客待ちタクシーの一台に転がり込み、叫びます。

「バー、ハピド！（急いで出してよ！）」

行き先？　それはどこでもいいのです。空港からより遠い場所であれば、どこでもいいのです。

「OK、セニョーラ」

褐色の肌をした運転手は、わたしの心が読めていると見えます。ニヤリと笑い、どんどんスピードを上げていきます。

わたしが逃げ出した後の空港は騒然としていることでしょう。にこやかだった夫の顔は本来の恐ろしい顔に戻り、

「あいつは、とうとうやってしまいよった。最後の最後にオレに恥をかかせやがった。みなに顔向けのできんアホなことを——、とうとう……。しかし、なんでや、オレにはわけがわからん。昨日までアイツはふだんと全く変わらなかった。ニコニコ笑いながら、みんなと最後の食事をしたり、握手をして回ったり、あいつは帰国の日を明日にして、とても楽しそうやった。……。それなのに、小さいツトムまで放ったらかしにしやがって。……ほんとうにすみません。何か風土病にでもかかったに違いありません。それで突然気がおかしくなったとしか……」

ペコペコと頭を下げている夫の姿が想像できます。

逃げ出した理由は簡単です。わたしは帰国したくないのです。ここに残りたいのです。ここで、一人で生きていきたいのです。

日本にはもう帰りたくないと、時々わたしは、冗談のように夫に言い続けてきました。

夫はそのたびに、ふんと鼻で笑い、

「オレたちは文部省から派遣されとるんやぞ。三年間という期限付きで、仕事をするために派遣されとるんやぞ。遊びに来とるんと違うんやぞ。任期が終われば、帰国をする、それは当たり前のことやないか」

と言いました。

「でも、たとえばの話やけど、延長願いを申請することはできないの？　マナウスのような『不健康地帯』に限り、そういう申請を許可されたという過去の例を、ある雑誌で読んだことがあるんやけど」

「アホ言え。誰が延長願いなんか出すかあ。こんなところは三年でもきついわ。三年で十分や。四年も五年もおるところと違う」

恐ろしい顔で言い返されました。

夫はジャングルの孤島のような、このマナウスの街があまり好きではないのです。暑くて不衛生で不便で、パチンコ屋もゴルフ場も何もないこの街に辟易しているのです。夫は一日も早く、この街から逃げ出したいのです。

夫のような人間には、この街の、この国のよさはわからないでしょう。夫のような人間、つまり、この国の言葉を覚えようとしない人間のことです。彼はこの国でしか通用しないポルトガル語を、心の中でずっとバカにしていたのです。

「ポルトガル語が話せるようになったとして、帰国した後、一体何の役に立つんや。英語やったらまだしも、南半球で、一国にしか通用せえへん言葉を覚えるなんて、時間のムダ遣いもええとこや」

学校では日本人の子供が相手ですから、基本は日本語です。ポルトガル語を使う必要はありません。しかし、子供たちは週に二時間、現地講師によるポルトガル語の授業を受けています。

街には日系人の経営する八百屋や日本食レストランが数軒あり、言葉で困ることは何もありません。スーパーに行ったとしても、欲しいものをカートに放り込み、レジに進むだけ。ポルトガル語を一切使わなくても用は足ります。

夫に必要な言葉は、「タバコ」、「ガソリン」、「ビール」、「ビールをもう一本」と、レストランで肉の塊りを切り分けてもらう時の、「少し」、「よく焼く」と、数字ぐらいのものでした。何かややこしい場面に出くわした時は、親指を突き立てて「ボン！」（ＯＫ）と一こと言えば、それですべてが解決するのです。おおらかな彼らが夫の言いたいことを察してくれるからです。

とはいえ、夫は、初めのころ、同僚と一緒に、ポルトガル語を習得するため、街の小さな語学学校に通ったのですが、最初に習った簡単な規則動詞の複雑な活用形がどうしても覚えられなくて、一か月で挫折してしまいました。

三年前、わたしは、ジャングルの孤島ともいわれるこの偏狭な地にあちらから逃げてきたのです。こちらに来る前から、その覚悟でおりました。たとえこの地で死ぬようなことがあってもいいというぐらいの思いでいました。もうあちら側には二度と帰りたくない。

そのためには何が何でも言葉がわかるようになりたいと思っておりました。異国の全く違った言葉でものを考え、生きてみたいと。

その言葉を使う時、自分の心がどのように変わり、頭がどんなことを考えるかをぜひ知りたいと思ったのです。

なぜそんな実験をしてみようと思ったのか、自分でもよくわかりません。あらゆることに行き詰まり、このままではいけない、どうにかしなければ……と必死のあがきをしていたのかもしれません。

そして、実験は終わっていないのです。まだ始まったばかりです。

わたしの乗ったタクシーは、結局、セントロ（中心街）に向かっていました。その大通りは、毎日、日本人学校のスクールバスが行き来するコースでした。あるいは別の日、マネッコという小型バスに一人で乗って、郊外にあるボスケ・クラブへ、テニスのアウラ（授業）のために通う道でした。見慣れた、古くて懐かしい通りです。楽しかったテニスのアウラのことを考えていると、ふいに涙がこみ上げてきました。

テニスの先生は若く、背の高い黒人でした。チリチリにカールした頭髪と、黒褐色の肌と、黒豹のようなキラキラ光る眼を持っていました。彼とボールを打ち合い、コートを走り回り、最後のアウラを終えたのは、ほんの一週間前のことでした。わたしは彼に、大事にしていたラジカセを形見にあげました。彼がアウラの合間に、自分のオンボロ車のラジオから流れる曲に合わせ、サンバを踊っているのをたびたび目にしていたからです。

「カタミ？」

彼はきょとんとしていました。形見というポルトガル語の表現が間違っていたのかもしれません。辞書には載っていませんでした。

彼が今、そのラジカセを大切に手元に置いているかどうか、それは大きな疑問です。彼はしょっちゅうお金に困っているので、ちょっとした金目のものは、すぐに、街の質屋でお金に換えてしまうのです。そういうだらしなさをもう否定はしません。生きていく知恵のひとつだと思うようになっていました。

大通りを右に折れ、緩やかな坂を上がっていくと、石畳の敷き詰められた楕円形の広場があります。広場の横手には、古い石造りの大きな教会があり、正面には豪華絢爛という言葉がふさわしい、アマゾナス劇場がそびえ立っています。ここが市の中心です。

広場の手前の角に、赤いレンガ壁の、ポルトガル風のアーチ型の出入口を持った、古い建物があります。「カーザ・カヨコ」という八百屋です。わたしが毎日、買い物に通っていた、移民の日本人姉妹の経営する店です。

わたしはタクシーを降りました。少し大目にチップを払いました。

「ありがとう、セニョーラ。いい一日を」

と、褐色の男はうれしそうに言いました。わたしも急いでもらったお礼を同じように笑顔で返します。

店に入りました。店はカウンター形式で、あちら側とこちら側が城壁のように仕切られています。店主のカヨコさんはいませんでしたが、姉のテルコさんがそのカウンターの向こうにぼんやりと立っていました。彼女たちは、中学生のころに、両親に連れられてブラジル移民となり、アマゾンに入植したのです。辛いことの連続だったでしょうに、彼女たちは、口をそろえて、「あのころが一番楽しかった」と目を輝かせて言うのです。わたしより二つか三つ年上だと聞いています。「楽しかった」というのはおそらく本心でしょう。まっすぐに生きてきた証拠は、姉妹の店がいつもブラジル人でにぎわっていることでもわかります。

でも、昼を幾分過ぎた時間ですから、ブラジル人の客は一人もいませんでした。彼らはいつものように、家のカーマ（ベッド）で快い昼寝の時間に浸っているでしょう。

「あら、いらっしゃい、オダさん、今日は何にしましょうか」

テルコさんがいつもと同じ笑顔で問いかけます。わたしが日本に帰る日を忘れているようです。

「あのー、あのー」

言葉がすぐには出てきませんでした。

「あのー、……やってしまいました。空港から逃げてきたんです」

「あら、それは大変……」

テルコさんは続く言葉を飲み込み、あわてて、

「あなたー、あなたー、オダさんが大変よ」

と店の奥に向かって声をかけました。

「なんだ、バカでかい声を出して、一体どうしたんだ」

ご主人のサカイさんがのっそりと出てきました。ジャングルによく出かけるサカイさんは、足音を立てずに歩くことができます。小柄ですが、ジャガーやワニを相手に戦うことができるのです。ジャングルの中で数日間、たった一人で暮らすことだってできるのです。

「あなた、オダさんの話を聞いてやってちょうだい。とうとうやってしまったのよ。あの考えを実行してしまったのよ」

「うーむ、やってしまったか……」

サカイさんは腕組みをし、しばらく考え、

「まあ、そうだな、オダさんが自分で考え、決めたことなんだから、今更オレたちがどうのこうのと言うことはできないさ。しかし、よっぽどの覚悟がないと、こんな大それたことはできない。言うなれば、今日、オダさんはすべてを捨てたんだ。のうのうと主婦の座に座り、堅実に生きていける権利を捨て去ったんだ。……あの時のオレたちと一緒さ。オ

レたちも、すべてのものを捨て去ってここにやってきた。もっとも、その時のオレの唯一の財産は、ギター一本だけだったけどもさ……。とにかく、オダさんのこの決心はすごいことだと言わせてもらおう」

「でも、すぐにみんなが捜しに来るわよ」

「なーんの。店の屋根裏に部屋があるだろ。しばらくあそこに隠れておればいい。あんな所に部屋があるなんて、泥棒以外、誰も知りはしない。ともかく、ここでは人目につくからまずい。奥に入ろう」

サカイさんはそう言い、わたしを店の奥の方に連れて行きました。テルコさんも後に続きます。

店の奥の様子は、以前に何度か入ったことがあるのでよく知っています。屋根裏部屋のこともひそかに知っています。

カーザ・カヨコの店は、とても繁盛しているせいか、泥棒にしょっちゅうやられます。サカイさん夫婦が寝泊まりをする瀟洒な一軒家は郊外にあり、夜間、この店は無人になるからです。

リョウコさんがお手伝いさんとして、屋根裏部屋に住み始めてまもなく、常連とも言える泥棒が、店の奥に位置するトイレの上部に備え付けられた、斜めに開閉する十センチほどの空気穴から侵入してきました。つい一か月前のことです。

泥棒は慣れた足取りで店の方へ行き、カウンターの冷蔵ケースからリンゴを幾つも取り出し、テーブルの上に足を乗せたりなんぞして、悠然とリンゴをかじっていたそうです。

そこへリョウコさんが、寝ぼけ眼をこすりながら二階の階段を下りてきたのです。

誰もいないと信じ込んでいた泥棒は、リョウコさんとかっちりと目が合いました。驚きのあまり腰を抜かし、意味不明の叫び声をあげ、かじりかけのリンゴを床に放り投げ、ヨタヨタと床を這いつくばりながら戸をこじ開けて逃げていったのです。

泥棒は、やせこけた、十歳ぐらいの子供だったと言います。

「殺されずに済んでよかったさ」

サカイさんはその時言いました。

店の奥には倉庫のような小部屋があり、サンパウロから航空便で仕入れた、白菜やブロッコリーの入った野菜箱が、壁のそこかしこにうず高く積み上げられておりました。真ん中に、やっとこさテーブルと椅子を置く空間がありました。

その小部屋のさらに奥に、間に合わせに作られた簡単な台所がありました。五十代半ばに見える日本人の女性が、入口の壁に体をもたせかけ、ぼうっと立っていました。

リョウコさんです。

リョウコさんは入ってきたわたしに、一瞬、敵意のある目を向けました。それはいつものこと、見慣れた表情です。

リョウコさんは少し頭がおかしいらしい、とサカイさんにこっそり教えてもらったことがあります。

リョウコさんは常におびえています。いつかきっと、誰かが自分を殺しにやってくる、という妄想に取りつかれているのです。広場の横手に建っている大きな教会の角から、ピストルを持った黒服の男が、いつも店の方を睨み付け、見張っている、自分を狙っているというのです。

テルコさんから聞いた話ですが、リョウコさんは今から三十年ぐらい前に、大学の卒業旅行で、友人と一緒にブラジルにやってきたのです。かなり裕福な良家のお嬢様だったということです。それはそうでしょう。往復の旅費だけでも百万、いや、もっとかかった時代です。

十日間の旅程を終える間に、のっぴきならない問題でも起きたのでしょうか。友人は帰国しましたが、彼女はそのまま、ここに居付いてしまったのです。そのころはポルトガル語もろくに分からない彼女に、どんな深い事情があったというのでしょうか。

テルコさんが、同じベッドで昼寝を共にしながら、やさしく、何度も問いかけてみたらしいのですが、彼女は固く口を閉ざし、その問いには一言も答えようとしないのです。もしかしたら、脳の一部が記憶喪失のような状態にあるのかもしれない、とテルコさんは考えたといいます。

彼女の両親は驚き、すぐに飛行機に乗って迎えに来たのですが、どう説得しても日本に帰るとは言わなかったそうです。その後、彼女はいろいろな男に翻弄され、騙され、利用され、どんどん落ちぶれていき、最後には道端で物乞いをしたこともあったと言います。そんなことはぽつりぽつりと話してくれるのに、三十年前、なぜ、日本に帰らなかったのか、その理由についてはどうしても口を割らないのです。

彼女はふだん、ほとんど言葉を発しません。それなのに、寝言で大声を出し、聞き取れないぐらいの早口の英語をしゃべるらしいのです。

ずっと前にテルコさんから聞きました。

次の日、テルコさんが、英語の寝言のことを聞くと、彼女はけげんな顔をして首を横に振るだけ。自分は、英語は一言もわからない、とも言うそうです。

「オレは前々から確信している。この国には、人の心を狂わせてしまう何かがあるんだって。それを魔力だという人もいる。けど、そんな安易な言葉ですむことではない、言葉では言い表し切れない何かが、ほんとうにある、ここには。それは確かだ」

サカイさんが真顔になって言います。

「そうね、何かの拍子にぴたりとはまってしまうことがあるのよね。一度はまってしまうと、もう決して抜けられないような、落とし穴のようなものが。あなたの言ってることは、わたしにはよくわかるわ」

テルコさんが続けました。

「いいってことよ、オダさん。ここでオレたちと一緒に暮らしていこう。何と言ってもあんたはここが気に入っているんだし。言葉だって、もう普通のブラジル人のようにしゃべることができるんだし。……たった三年で、こんなに言葉を覚えた人は、オレが知るかぎり、オダさん、あんただけだよ。いつもお高くとまっている、英語好きの企業のご夫人方とはどっか違う。だいたい、オレは、日本から来た人間共とはいっさい話をしないと、ずっと前から決めているんだ。ヤツらとは、そのー、何というか、根本のところが合わないからね」

「それは本当よ。主人は企業のご夫人たちが買い物に来たら、すぐに店の奥に引っ込むのよ。いつだってそう。ややこしいことは全部わたしに任せるんだから」

「そう自分で決めたんだから。オレだってどうしようもないさ。人に対して不器用なのは生まれつきさ。……いいか、オダさん、もう後戻りはできないぞ。まっすぐ突き進むしかないぞ」

「そうしましょう。ねえ、リョウコさんもいいでしょう？」

リョウコさんはぷいと横を向き、台所の奥に消えました。リョウコさんはわたしが気に入らないのです。

「でも、リョウコさんが……」

わたしは、あとに続く言葉を探します。なぜか言うべき言葉が見つかりません。

「彼女はオレたちのために、カフェを用意しに行ったんだ。気にすることはない」

リョウコさんをかばうようにサカイさんがつぶやきました。

「カフェの用意ができるまで、オダさん、屋根裏の部屋を、ちょっとだけ見せてあげましょうか」

「あっ、ぜひ……」

「でも、他の人には絶対に教えないでね」

テルコさんが先に立ち、幅の狭い、ギシギシと鳴る急な階段を上がっていきました。わたしも後に続きました。中ほどで顔を上げると、真っ暗な空間が右手の奥深く広がっていました。

「ここが二階。で、屋根裏部屋は、こっちの階段を四段ほど上がったところにあるのよ。もちろん、電灯なんかはつけていないの。外に明かりが漏れないためにね」

テルコさんが指差した暗闇に、ぼんやりと、さらに幅の狭い階段が続いてありました。その上方はほんとうの闇です。この闇の中で、これからひっそりと隠れて生きていくのです。仕方がありません。わたしは空港から逃げてきたのですから。

ポルトガル語のアナウンスが、繰り返し繰り返し、広いロビーに響き渡りました。目を閉じ、逃亡を続ける自分を追いかけていたわたしは、そのアナウンスで現実に引き戻されました。

わたしたちは、あれからもう四時間も出発ロビーで待たされていたのです。

初めのアナウンスは、飛行機の部品を取り替えるために二時間ほど遅れますというものでした。

二時間や三時間の遅れは、ここマナウス空港では日常茶飯のことです。もう慣れっこ。何のことはありません。

わたしは引き続き頭の中で逃亡を続けておりました。カーザ・カヨコの店の屋根裏部屋で、わたしはほとぼりが冷めるまで、しばらくの間、じっと息を詰めて暮らしていくのです。リョウコさんと一緒に。

またアナウンスがあり、わたしはあちらの世界からふたたび、こちらに引き戻されました。「ランチ」の用意ができたということでした。

わたしたちは（四家族の他に大勢のブラジル人の乗客がいました）係員に案内されて、空港内にあるレストランに連れていかれました。そこでランチがふるまわれるのですが、同じことは何度も経験していますので、そのからくりは知っています。ランチが出るということは、最低でもこの後二時間は待たなくてはならないのです。

しかし、ランチが終わっても、いっこうに電光掲示板が動きません。四家族は、思い思いの場所に家族だけで固まって座っていました。

四時間も待たされると、大人も子供も無口になります。あれほど楽しそうに走り回っていた子供たちはみなじっと座っています。誰もがみな、上目遣いの不機嫌な顔をして、窓のはるか向こうに横たわる、一本の滑走路をじっと見詰めております。

わたしだけ、別の方を向いておりました。出発ロビーの壁の隅にかかっている公衆電話、それをじっと見ておりました。「ゾウの耳」と呼ばれている、両側に黄色の大きな耳のついた公衆電話です。

(早く、電話をかけにいきなさい。誰でもいいのよ。わたしを助けに来てちょうだいと言えばいいの。早く、早く来てと頼むのよ)

わたしは本当に、何度か腰を上げそうになりました。

それはいとも簡単なこと。

そこまで歩いて、友人の誰かに電話をかける。

「お願い！　わたしをここから連れだして」

そうポルトガル語でしゃべればいいのです。夫は言葉がわかりませんから、わたしが何をしゃべっているか、知られることはないのです。

日本に帰ることで頭がいっぱいな夫には、わたしの本心など見破ることはできないでしょう。いや、決して知られてはなりません。知られる前に逃げ出すのです。

ポルトガル語のアナウンスがまた——。

別の理由でさらに出発が遅れる知らせのようでした。アナウンスの後、ロビーのあちらこちらでブラジル人の客のわっとどよめく声が聞こえました。口ぐちに驚きの言葉を叫んでいます。

「ベン　シューバ（スコールが来るんだ）、ベン　シューバ！」

「ケ　ムイト　グランジ！（まあ、なんて大きなスコールだこと）」

と繰り返しておりました。

「何やて？」

夫が尋ねます。

「スコールが来るらしいよ。それもとても大きなヤツが……。それでまた、出発の時間が遅れるって」

窓の方に目を向けると、見渡す限りのジャングルの向こうから、真っ黒い巨大な雲がこちらをめがけ、幾千、幾万の長い触手を伸ばしながら、どんどん迫ってきているのが見えました。

その雲の進む早さと言ったらありません。まるで、巨大な天の黒布を、手品のようにぱさーっとふり降ろしながら突き進んで来るのです。

巨大な黒いかたまりは、あっと言う間に、目の前に見えていた空とジャングルを覆い尽くしました。茶褐色の滑走路は、もう何も見えません。

あたりは夜のように真っ暗になりました。

それにしても。

こんなにすごい巨大な雲の群れを、わたしは初めて見ました。住んでいた十階のアパートの、東の窓から見ていたあのスコールの雲だって相当なものですが、それとは比べ物になりません。

ヒュルルルルルー、ヒュルルルルルルー、と前触れの不気味な隙間風がどこからともなく聞こえてきました。それから一気にざざーっと太い雨が落ちてきました。

あたり一面、激しい雨音に包まれ、もう誰の声も聞こえません。

(もっと降れ、もっと降れ)

わたしは心の中で叫んでおりました。このスコールが通り過ぎるまで離陸はできないのです。わたしは放心したように、スコールの雨音を聞いていました。わたしを引き留めるなにものかの叫び声のようにも聞こえました。わたしは彼らの思いを感じ、心の中で泣きました。

スコールはそれから二時間も降り続きました。

わたしたち四家族が、ようやくのことでパナマ行きの飛行機に乗り込んだのは、夜の九時を過ぎておりました。

それぞれの家族の計画した帰国旅程の、マイアミやロサンゼルスへの乗り継ぎに間に合うための、ぎりぎりの出発時間でした。あと十分遅れていたら、そのあとの接続は、すべてキャンセルになるというきわどい時間でした。

スコールに酔い、喜んでいたのはわたしだけでした。夫はみなと同じようにいらいらと気をもんでいたのです。

飛行機が上昇する時、わたしは眼下に広がる闇の中で、だんだん小さくなっていくマナウスの街の、まばゆく輝く光のかたまりをいつまでも見続けていました。

「男」の教育

大学生の息子洋一は、その日珍しく、まだ陽の高いうちに帰宅した。大学の三年生を修了し、春休みも終わる三月の終わりごろ。

一九九〇年代半ばのことである。

いつもなら、ナミ子のいる一階の和室前の短い廊下を、天敵から逃げる小動物のようなすばやい足取りで通り過ぎ、タタタタと二階にかけ上がるのである。

が、その日彼は、和室の障子を開け、そろりと中に入ってきた。

ずしりと重そうな、通学用の黒いナップサックを背負ったまま、こたつ布団をちょっとめくり、ナミ子の前に座った。

きちんと正座をしている。

「……あの、ですね、……えーと、ですね」

ナミ子はその日も、遅い目覚めがもたらすどんよりとした怠惰な時間を、午後になっても引きずっていた。

数年前からナミ子はひどいうつ状態に陥っていた。そのせいで学校勤めもできなくなった。毎晩、かなりの量の睡眠剤を飲まないと眠れない。

その、まだ半分眠った状態の回らぬ頭と格闘しながら、短いエッセーを書き始めたところであった。

ナミ子は、変わらねばと思い、月に二度、文章教室に通っている。自分の中のもやもやとしたものを、書くという修練を積むことによって吐き出せるかもしれないと考え、そこに通い始めたのだ。

「どないしたんよ、そんな改まった言い方なんかして」

頭の中に見えていた、文章のおぼろな風景が、ぱっとどこかに消えてしまった。

あと少しで摑めるところだったのに……。

「何ぞ、タイヘンなことでもあったんでしょうかね」

消えたものはもうかけらも思い出せない。いつもこうだ。いつも不意に横から邪魔が入る。加えて、洋一が改まったもの言いをする時は、今までにもろくなことがないのだ。

ナミ子は下腹にぐっと力を入れた。

「また、交通事故でも起こしたんでしょうかね」

わざときつい口調で重ねて問う。

半年ほど前の、雨が激しく降りしきる朝。洋一は、車を運転して六甲にあるK大学に向かう途中、西区から中央区の中心街に至る、山麓道路の長いトンネルの中で追突事故を起こした。その時に、携帯電話から聞こえてきた最初の言葉も、

「……あの、ですね、……えーと、ですね」

だったのだ。

「いえいえ、今日は違います。今日は事故ではありません」

洋一は大きくかぶりをふった。ていねいな口調は変わらない。いよいよおかしい。どんなタイヘンなことなのか……。

洋一は背をそらせ、顎を上げ、何でもないといったそぶりを見せているが、斜め下に向けられた目はしきりにまばたきを繰り返している。

「それじゃあ、今度は、落第でもしたのでしょうかね」

ふとナミ子の口からこぼれ出た言葉であった。

「はい、そういうことです。……いえ、正しくは留年です」

悪びれることなく洋一は答えた。

軽い冗談のつもりであった。それがそっくりそのまま返ってくるとは。

一瞬、思考が停止したように思えた。

「今朝、早起きして、工学部の教授の所に、直接聞きに行ってきました。新学期まで待てなかったので……。で、進級は難しいと言われました。もう一回、三年をやります」

洋一の目の下あたりが、ぽっと赤く染まって見えた。気の弱い洋一だから、心のうちがすぐに顔に出る。今まではそれをよしとしていたナミ子だが、今回はそうはいかない。

「留年とは……、わっ、どんくさっ」

半ば眠っていたナミ子の脳がどどっと動き出す。

「それで、なんぼ単位を落としたん？　一つや二つではないでしょう？」

きつい声になっていた。

「四つ、です。……でも、専門の方は全部取っていて、落としたんは一般教養で……。四年に進級するために必要な単位がその中にあって、それが、その—……」

「何で、何でそんな大事なもん、落とすのよぉ—」

こめかみの血管がズキンズキンと鳴る。

ああ、思い出した。二月終わりの後期の試験の時――。

ナミ子が朝十時過ぎに眠りから覚めて、ふと洋一の部屋をのぞくと、分厚い教科書を胸の上に広げたまま、彼は布団の上ですやすやと眠っていた。部屋の明かりも電気スタンドも、エアコンも付けっ放しであった。あまりに熟睡しているので、その日、試験があるようには思えなかった。

が、念のために、

「ヨウイチー、今日は、試験はないのーん？」

のんびりとナミ子は声をかけたのだ。

すると、洋一は、タイマー仕掛けの人形のようにぱちっと目を開け、「オーッ」と声を発した。くるりと身を回転させ、両腕をばたばたと動かして枕元の目覚まし時計を探し、目の前にぐいと近づけてその針先を見た。

「わあー、ウソやろー、お前ー、くそーっ」

洋一は目覚まし時計にそう怒鳴りつけた。

「何でやあー。今までちゃんと起きてきたのに、何で最後の日にドジ踏むんや、何でや、何でや」

わめき散らしながら、今度は拳で何発か、枕に八つ当たりした。それから、もう今からでは絶対に間に合わへんと不機嫌な声でつぶやいた。再び体を横たえると、頭から布団をかぶって眠り始めた。

洋一はその日一日中、二階から下りてこなかった。

たぶん、あの時の単位も含まれているはずだ。

思い返すと、以前にも似たようなことが何回かあった。ナミ子がまだ朦朧としている布団の中で、ドドドドーッとけたたましく階段を下り、洋一が家を飛び出して行くのを何度も聞いた。

その時は試験に間に合ったのだろうか。間に合わなかったのだろうか。

洋一の日常生活について、ナミ子はほとんど気にも留めていなかったのだ。そんな自分をあらためて知り、おかしな気分だった。

ナミ子が洋一に対して、つとめて無関心を装ってきたのは、四年ほど前に、夫の惟康《これやす》から言われた言葉が耳の奥に張り付いたままであったからだ。

「もう洋一はお前の手には負えんのや。もうお前の役目は終わったんや。中学生の、いや、高校生にもなった男の子の教育は、男親でないとでけへんのや。女のお前にはもう、あいつに言うて聞かせる力はないんや。いよいよこれからが俺の出番や。今のあいつは、何より俺の言うことを一番頼りにしとる。いつもまっすぐ俺を見て、俺に一目置いている」

胸を張り、腕組みをしながら言ったのだ。

「男の教育は、この俺に任せんかい」

自信満々の口調であった。

その事柄の、前後の記憶はすっぽりと抜けてしまっている。

たぶん、ナミ子が洋一に咎めるような言葉を発したことに対して、彼が「うるさいっ」「わかっとるわい」と今までにない反抗的な態度を返してきた時のことであったと思う。

「まっ、これまで長いこと、ご苦労さんでした」

惟康がその時、「で」「し」「た」と一音一音わざと力を込めて、勝ち誇ったように言ったのをナミ子は鮮明に覚えている。

「……ああ、そうですか。わかりました。わたしはもうお役御免、用済みということですね。では手を引かせてもらいます、喜んで」

ナミ子も負けずにそう即答した。

しかし、心の内では、

（まーたあんなこと言いだして……。今度こそ本当でしょうね）

心の底にとどまっているさまざまな惟康の言葉を思い起こしていたのだ。

洋一がまだ赤ん坊のころ、ナミ子は元気に仕事をしていた。隣の校区にある小学校に勤めていた。それは家計をささえるためであった。

アパートから歩いて十分ほどの国道沿いに、無認可の小さな私設の保育園があった。そこに預けるために、洋一が生まれてすぐに引っ越してきたのである。

もちろん、毎日の送り迎えはナミ子の役目であった。

惟康は勤め先の中学校まで、やっと手に入れたマイカーで通勤していた。が、ナミ子より三十分も早く家を出るので、惟康の助けを借りることはできなかった。ナミ子は毎日、洋一を抱きかかえ、十分ほどの道のりを歩いて保育園まで連れて行った。もちろん迎えにも行く。帰る途中で買った夕飯の材料の分が行きより重くなる。汚れたオムツのおみやげも腕にぶら下がっている。

「子供の送り迎えは母親の仕事や。そんなこと、当たり前のことや」

ナミ子は惟康の言葉に何の疑問も抱かなかった。その通りだと思った。いや、疑問を持つ余裕もなかった。

ときたま、校内の研修会が長引き、迎えの時間に間に合わない時があった。惟康の勤める学校に急ぎ電話をして、今日だけ代わりに迎えに行ってくれるよう頼むのだが、

「アホなこと言うな。父親が保育園に迎えに行くなんて、そんなおかしな家庭がどこにある。俺の周りの誰も、そんなことはしとらへんぞ」

と彼は全く耳を貸さなかった。

惟康の無関心は送り迎えだけではなかった。

「そやなー、洋一の首が座るようになったら、風呂に入れてやってもええぞ」

「言葉がしゃべれるようになったらな。一緒に遊んでやるぜ」

「やっぱり、この俺よりも早く走れるようになったら、やな」

「微分積分がすらすらと解けるようになったら、そやな、あいつの勉強の相手をしたってもええかな」

惟康は次から次へと、できない言い分けを言ってきたのだ。

ナミ子は蘇った思いを振り切り、洋一の顔をじっと見た。役目はとうに終わったはずだ

ったが、一言、いや二言三言、文句を言わずにはおれなかった。

「ギターに狂って、ギターばかり弾いているからこないなことになるんでしょう。まともに講義にも出てないんでしょう。毎日、教科書も持たずにギターだけ抱えて、……サウンズとかいう軽音楽のサークルに出かけるか、ミーティングに行くか、スタジオに入るか、そんなところでしょ。えらそうに人にギター教えたり、サークルの女の子に試験に出る所を教えたり、そんなええかっこばっかりしてるから、単位を落としてしまうんでしょ。……目覚まし時計三つもかけていて、それでも起きられへんのやったら、素直にわたしに頼んだらどう？　眠り薬飲んどったかて、ちゃんと起きられます。あんたよりはまだましや。……わかってる？　夕方のせわしない時に、『オキロー、オキロー、オキロー』とドスの利いた声で、あんたの部屋で目覚まし時計が一斉にわめきちらすの、ホンマうるそうてたまらんのよ。そのたびに、わたしが二階に駆け上がって止めているんやけど、もうたいがいにしてちょうだいっ」

洋一は一言も口答えをしない。いつものことであるが。

ナミ子には言いたいことがまだあった。

「……それから、真夜中にギター弾きながら、大声で歌うの、やめてくれるか。薬をぎょうさん飲んどるのに、いっこも眠られへんやろ」

言葉がどんどん、乱暴な男口調に変わっていくのがわかったが、もう感情を制御することなどできない。

「とにかく、寝過ごしてしもうて、試験受けられへんかって、それで留年です、なんていうの、わたしは納得でけへん。そんなん許されへん。いくら国立大学で授業料が安いいうたって、こんなんで一年間余分にお金払わんならんの、いややわ。腹が立つ！　ホンマにあんたってドジな子やなあ」

授業料のことは言わないつもりでいたが、ぽろりと口から出てしまっていた。

「あのー、その授業料のことですけど、一応、前期で四単位取れる見通しがあるんで、それはそこできっちりと取り、あと、後期は休学します」

無言を通していた洋一がすらりと言った。まるで、「授業料」というその言葉が登場するのを待ち構えていたかのように。

「えっ、休学？　……何で、何で休学なんかするのん？」

ナミ子はうろたえた声で問うた。

「休学ということにしたら、授業料を払わんで済むんです。その方が、お母さんは助かるかなと思って。家の経済状態とかそこらへんのことはわかっているつもりです。いろいろそこんとこ、教授とも相談をして……」

休学をして何をしようというのか。何を教授と相談したのか。何か不気味だ。ナミ子の知らない所で、洋一は一人で先に先にと、手回しよく策をめぐらせているようだ。もしかしたら、休学した後、そのままずるずると時を過ごし、いずれは退学するつもりなのかもしれない。

「お金のことなんか心配せんでいいから、休学なんかせんといてちょうだい。……。でも、やっぱり無駄なお金を払うのは頭にくるわ。それより、留年するような悪い成績やったら、もうＫ大学の大学院になんて進まれへんわなあ」

院に行きたいというのが、京都のＫ大学に失敗した彼らの、互いの傷をなめ合うせりふであった。

「いえ、Ｋ大の大学院には行きます。友達との約束は、必ず守ります」

睨み付けるような眼と声が返ってきた。

(それならええんや。その気があるんなら、まあ許したるわ)

ナミ子は心の中でつぶやく。ちょっとだけ安堵の気分が戻ってくる。

すると、急に何もかもがどうでもよくなった。こたつの上に広げたままの、書きかけの文章に目を落とす。やっとどうにか、進みかけたところを邪魔されたのであった。ちょっと驚かされたけど、不思議にも心は落ち着いている。言いたいことを全部ぶちまけたせいであろうか。

それに洋一のことはもうお役御免のはずである。

書き始めた短い文章を目でたどりながら、四年前の惟康の言葉を心の中で反芻していた。

(もうお前の手には負えんのや、俺に任せんかい)

(喜んで。今回は全部お任せいたしますよ)とナミ子は心の中で答える。

「そうそう、オッチャンには、自分で言いよ」

「うん、オッチャンには、自分でちゃんと言う」

オッチャンという、二人の間だけで使われる言葉の、その軽やかな響きがおかしくて、ナミ子は密かに笑った。

洋一の留年の一件を、惟康に報告したのは結局ナミ子であった。

もう七月になっていたが、洋一はどういう考えでいるのか、いつまでたってもオッチャンには言い出さないでいた。太い声で一喝されるのが恐くて言えないのだろう。

ひさしぶりに親子三人がそろった夕飯の時であった。ナミ子は洋一の代わりに、ごく自然にそのことを惟康に告げた。留年の言葉を聞くやいなや、惟康は箸を止めた。

「えっ、留年？　そんなアホな、……そないなことが今時あるんかー」

留年という言葉の意味を確認するように惟康は頭を傾げ、まばたきを繰り返し、事実が信じられないのか、また頭を傾げ、

「ほう」

と吐き出すような一声を発した。それから、

「世の中には、落第するってこと、ほんまにあったんやなあー」

とても感動したような口ぶりだった。

（感動なんかしとる場合やないでしょう。びしっと言うべき言葉があるでしょう）

ナミ子は今か、今かと待っていた。惟康にしかできないという男の教育とは、どういうものであるのかを。

「ふーん、それで？」

一転、惟康の声が激しい口調に変わる。

「つまり、洋一はもう一年、親のスネをかじろうというわけやな。結構なこっちゃやな、かじるものがあって。それにやな、そうやっていつまでも学生でいたら、働かんでも済むもんなあ。ほんまに気楽なこっちゃやで。……まっ、今までのオレの人生にはありえへんことやけどな」

そういうと、惟康は椅子からすっと立ち上がった。飲みかけのビール瓶の口を右手でつまみ、左手に持った満杯のコップをこぼさぬように、そろりそろりと歩きながら、惟康はリビングから出て行った。二階の彼の自室のテレビの音が、すぐに聞こえてくる。

「……くっそー」

洋一は握った拳をテーブルの下に隠し、腹の底から絞り出すような声を出した。さっきまで惟康の居た場所を、いつまでも睨み付けていた。

「ほんまにドンくさい子やわあ。アホや、アホアホ」

ナミ子は何日も留年の事実に拘っていた。誰もいない家の中で、腹立ちの言葉を何度も吐く。どうしてもすんなりと受け入れることができない。

文章の続きを書こうという気分も起きない。こたつの中にもぐりこみ、天井板の、押し寄せる波のような木目をじっと眼でたどる。
ここ何日も、昼の時間を、そんなふうにだらしなく過ごしている。うつ状態がまた一段と深刻度を増してきているようにも思える
留年が決まってから、洋一は毎日、大学に出かけて行くようになった。昼過ぎにではなく、朝の一時限目からである。きっかり七時半に家を出て行く。（以前、一時限目に試験があった時に、洋一が朝七時半に家を出て行ったことをナミ子は覚えている。だから大学に行っているのは確かである）
階段を下りる彼の足取りは軽い。手すりにすがり、足をもつれさせるように下りていた以前とは全く違う。ナミ子は布団の中にいて、薄ぼんやりとした意識の中で、その音を鮮明に聞く。
何か楽しいことでもあったのか、夜遅く帰宅した洋一の眼は、ナミ子が今まで見たこともない、ギラギラした輝きを放っていたりする。彼は遅い夕飯を食べながら、かけっぱなしのFMラジオから流れる、少しうるさいロックのリズムに器用に体を合わせ、揺らしている。ナミ子がそばにいるのをわざと無視しているようにも思える。つい、

「何べん考えてみても、留年のことは腹が立つわ」

繰り返してきたせりふをしつこく言う。

「理由が納得できんのや。いっそ、試験ができなくて落ちるんなら、それやったらしようがないとあきらめる。でもな、寝過ごして、試験を受けずに落ちるなんて、悔しいと思わへんの。まったく、話にならんわ」

洋一は体の揺れを停止させる。少し考えている。小さいころに飼っていた犬の食べ方を真似するように口を皿に近付け、べろべろっとなめるようにして食べる。そういう食べ方をするのを、彼が小さいころ、ナミ子が嫌がっていたのを知っていて、わざとそうしているのだ。彼なりの無言の反抗であろう。

そのまま、ひれ伏す犬のようにじっと下を向き、従順にナミ子の文句を聞く。聞くだけでいっさい反論はしない。

「うん、うん」

と返事はする。が、ただ適当に相槌を打っているだけなのだろうとナミ子は思っている。洋一は洋一でナミ子の性格を熟知していて、その言葉が尽きるのをじっと我慢して耐えているに違いない。

数か月前までは、今にも飛びかかってきそうな鋭い目でナミ子を睨み付けていたのに、今は視線を合わせようともしない。

洋一の頭や肩や足が、またロックのリズムを打ち始めている。皿に落としていた目をゆっくりと上げ、

「明日、スタジオに入ります」

ぽつりと言葉を出す。

スタジオというのは、軽音楽で使うエレクトリック・ギターに必要なアンプやドラムセットなどの設備の整っている場所のことである。サウンズという学生サークルは、使用料の安い夜の遅い時間にそこを借りて練習をしている。

「えっ、またあー？　一昨日もスタジオやったやないの。留年してからスタジオにばっかり行ってないかあ。……あっ、わかった。サウンズやるために留年したんやな」

「そんなんと違います。ライブが近いからです。しょうがないやろ」

洋一は向きになって言い返し、また皿の上に目を落とした。

「まあええわ。好きにしい。……でも、スタジオに入るということは、明日は帰ってけえへんということやね。夕飯いらんということやね。あーあ、おもしろないなあ。あんたの

ために、わたし、夕飯を一生懸命作ってるのに」

ナミ子は本当にがっかりした声で言う。

「そやから、次の日に帰ってきて食べる、といつも言うとるやろ。こうして今も食べとるやろ」

ちらっと顔を上げ、ナミ子の機嫌の悪さを窺い見ている。

「まっ、それもええわ。問題はオッチャン、オッチャンがうるさいんや。スタジオがあってあんたが帰ってけえへん時、『洋一はどこに泊まっとるんや』とわたしにたびたび聞いてくるんよ。『いっぺん泊まっとる場所をそれとなく聞いておけ』とうるさいんよ。男親にしかでけへん男の教育やろ。何で力のないわたしがあんたに尋ねんならんのよ。あの人、あんなにきっちりと宣言したくせに、やっとることがおかしいと思わへん？」

「オッチャンには適当に、先輩のとこや、と言うとったらええんや」

「先輩って？　誰や、名前は何て言うんや、って、また根掘り葉掘り聞くで、あの人。そんなに知りたかったら、直接あんたに聞けばええのになあ。ホンマいらいらするわ」

いつのまにか、ナミ子は洋一の調子に乗せられてしまっている。

「オッチャンには好きなように勝手に言わせといたらええんや。あんなヤツに人の気持ちなんかわかるかあ。なんぼ説明したって、時間のムダや」

「ほんま、そうやなあ……」

洋一になぐさめてもらっている？　ナミ子はぎくりとした。

ぼんやりと日を巡らせているうちに、洋一はまたナミ子との距離を大きく開け、遠くに行ってしまっている。

手をいっぱい伸ばしてさぐってみるが、もはや何も摑めない。

考えてみると、洋一は惟康に対しても、逆らったり口答えをしたことがほとんどない。幼いころから、ほんのささいなことで触発された怒りを爆発させ、大声でナミ子を怒鳴り散らす父親の姿を、たびたび目の前で見続けてきたからであろうか。

洋一が小学三年生になる時であった。日本人学校に勤務することが決まった惟康に従って、一家三人は、ブラジルのマナウス市に移り住むことになった。

マナウス市はアマゾン川の中流にある古い港町である。近年、日本や外国の企業の進出により、大きな工業都市に変わりつつあった。そこに、小、中学生合わせて三十数名の小さな日本人学校があった。

洋一は出発の数日前までブラジルに行くことを承知しなかった。

「ボクは絶対に行かないからね」

話しかけようとナミ子がそばに寄ると、洋一はくるっと背を向ける。ナミ子が彼の顔を見ようと反対側に回ると、また背を向ける。

「洋一、こっちを向け！」

惟康が大きな声を上げる。

「行かへんからね、ゼッタイに」

洋一はファミコンの操作盤を握りしめ、テレビの画面に食い入るように目を這わせている。

「ボクの知らん間に、お父さんとお母さんがかってに決めたことや。ボクには関係ないことや。そんな遠い国の、知らん子ばっかりがいっぱいおる学校になんか、ボクは行きとうないわい」

洋一はくちびるをぎゅっと結び、顎を突き出すようにして画面を見ている。ナミ子が横からその目を覗き込もうとすると、さっと目をそむける。画面を見なくても彼の親指はひとりでに動く。

「洋一っ、いつまでもアホなことばっかり言うとるんじゃないぞ。ええか、お父さんと一緒にブラジルに行くんやぞ。何もかももう決まってしもとることや。枝吉小学校の転出手続きも、終わってしもとる。あの学校にはもう行かれへんのや。わかったな」

押さえつけるような太い声で惟康は言い、二階へ上がった。

「誰がブラジル行くって決めたんや。行かへんからね、ゼッタイに」

行かへん、行かへん……と洋一はうわごとのように繰り返す。

洋一がこれほどまでにブラジルに行くことを拒むのはなぜなのか。ナミ子はその理由が知りたかった。

「この家は、そのうちだあれもいなくなるよ。カギをかけて真っ暗になるよ」

「真っ暗でもいいもん。電気をつけて、ボク一人で住む」

「一人で？　へえー、じゃあご飯はどうするの？」

洋一は親指をまさぐりながら、横を向いたまま少し考えた。

「サンマを焼いて食べる」

ナミ子は思わず吹き出しそうになったが、笑わずに聞いた。

「どうやって焼くんか、わかってるん？」

「お母さんが、ガス台の引き出しでサンマ焼いとるのん、いつも見てるから。カンタンや。ボクにだってできるわい」

ムキになって語尾を強めて言っている。苛立ち、不安になってきている証拠だ。

「お母さんがいない間、洋一は一人で何をするの？」

「えーとね、えーとね、学校から帰ってきて、西山君と山口君と遊んで、それから家に帰ってファミコンをする。毎日ファミコンをする……」

なーんや、そんなことだったのか。ナミ子は頭の中で注意深く言葉を選んだ。

「そんなら、ブラジルにファミコンを持って行けばいいじゃない。そうしよう、ねっ。新しく買ったリュックサックの中に入れて、洋一が自分で背負って、壊さないように大切に運べばいいのよ。さっ、急いで。大事な荷物やから、洋一が責任を持って用意してよ」

洋一はたわいもなく「うん」とうなずき、ファミコンをクローズさせた。


マナウス市で買い求めたブラジル製のテレビは旧式で、ファミコンを接続するためのプラグが備わっていなかった。それでも何とかなるかもしれないと、惟康と洋一は、テレビの後ろカバーをはずし、部品をいじくり、いろいろと試みてみたが、すべてムダであった。

「お父さんのウソつき、お母さんのウソつき」

洋一はサーラ（広い居間）のテレビの前に引っ繰り返り、足をバタバタと動かしてすねた。

洋一の機嫌は何日たってもなおらなかった。

口を尖らせてスクールバスに乗り、帰ってくるときも同じ顔付きを崩さない。下を向き、運動靴の先で、歩道に転がっている紙コップや石ころを、乱暴に、執拗に蹴り続ける。

アパートに帰り着き、ドアを開けるなり、そこからテレビめがけてランドセルを投げつける。それから、広いサーラの真ん中に寝そべり、

「つまんないなー。日本に帰りたいなー」

天井を睨み、つぶやくのである。マナウスに来て数日も経たないうちに、不思議なことだが、洋一の言葉は東京風に変わっている。

「帰りたいなー。つまんないなー。ファミコンがしたいなー。ヒロ君はいいなー」

つぶやきは次第に大きくなる。

「帰りたいなー。ファミコンがしたいなー。ヒロ君ちへ遊びに行きたいなー」

洋一は、両足をバッタのようにキックしながら背中で前進し、サーラの真ん中からナミ

子のいる台所の入口にまで移動してくる。

ヒロ君の父は、マナウス市の郊外に工場を持つシチズンの駐在員である。

彼の一家が住むアパートには、船便で運んだという日本製のテレビがあり、大きな本箱の、横一段を全部占領するほどの、たくさんのファミコンソフトがそろっている、と洋一から聞いている。

ヒロ君のアパートは市のはずれにあって、セントロと呼ばれる市の中心街にある洋一のアパートからはタクシーで十五分もかかる。

日本人学校からスクールバスで四時半過ぎに帰ってくる洋一を、毎日、タクシーで送り迎えして遊びに出すなど、言葉もまだ満足にできないナミ子にはできないことだ。もちろん、一人で外に遊びに行くことは、治安上の問題があり、学校からも固く禁じられている。

「つまんないなー。ファミコンがしたいなー」

毎日毎日、洋一は同じせりふをサーラの真ん中で叫ぶ。

アパートの隣人は、日本の企業サンヨーの、単身赴任の駐在員であった。

ある晩、玄関のチャイムが鳴った。ドアを開けると、小麦色に日焼けした中年の男性が、中古の日本製のテレビを抱えて立っていた。

「よかったらこのテレビ、使ってください。ボクに貸してあげましょう。いえ、あの、別に話を立ち聞きしたわけではないのですけれどね……」

隣人はナミ子の口から出そうになった言葉をすばやく制し、

「ここは、ボクみたいな子供さんには全く退屈な所でしょう。治安の問題があって、外で自由に遊ぶわけにはいかないのですから。お困りのことはわたしには充分にお察しできます。……このテレビ、少し古いものですけれど、ファミコンを接続することは充分可能だと思います。よろしければ、どうぞ使ってください。もし不用になりましたら、サンヨーの会社の者でしたら誰でもいいですから、返してくださったらいいのです」

と言った。


洋一の一番の願いはかなった。

洋一は前にも増してファミコンに熱中した。外で遊べない分をファミコンに注ぎ込む。陽が沈み、薄暗くなったサーラのテレビの前で、始めに座った姿勢のままで、親指を動かし続けている。何度も声をかけ、ようやく食卓につかせても彼は目を空に泳がせ、とりつかれたようにテーブルの上で親指を小刻みに動かす。

「じっとして食べんかあ。洋一、行儀が悪いぞ」

惟康の太い声が飛ぶ。

昼間、蒸し返るような暑さの中、学校で子供たちと動き回ってきた惟康は、夕飯時は特に機嫌が悪い。

「運動場に、たった五分立っとるだけで、汗が全身からボタボタと滝のように落ちてくるねんど。腕や足の毛が、チリチリと縮まり、焼け焦げる音まで聞こえてきたりするねんど。温度計なんか見るのもイヤや。三十八度もあるねんど」

惟康はぼやきながら、何杯もビールを口に運ぶ。

生徒数三十数名の日本人学校には、小学部と中学部がある。

派遣された教師六名と、現地採用の講師二名を総動員して、どうにか運営されてはいるが、(週休二日制のため)一日七時間目まで組み込まれた時間割は、子供にも教師にも大きな重労働となっている。

その上、同じ学校に、親とその子供が通うということは、具合の悪いことだらけであるらしい。学校にいる間の洋一の失敗や態度の悪さが、直接見るまでもなく、ベニヤ板一枚を隔てて、すぐ惟康の耳に届くこととなる。惟康はそれを毎日持ち帰り、夕飯の時に洋一に説教をした。

その晩はふだんよりもひときわ、惟康の説教が長かった。

「洋一、お前、今日、担任の先生に何回も注意されとったな。それに、宿題忘れてきたんはお前一人だけやったな。お父さん、隣の部屋で聞いとって恥ずかしかったぞ」

洋一は上目遣いにちらっと惟康の顔を窺い見た。いつもと様子が違うのを、彼の目は感じ取っているようだった。惟康がコップを斜めに傾け、ビールを喉の奥に流し込んでいる合間に、そろっと椅子から立ち上がった。洋一の考えていることはナミ子にはよくわかった。

洋一は惟康の不機嫌な目から逃げたのだ。

薄暗いサーラにポッとテレビの明かりがともり、耳の底に絡みつくようなゲームの電子音楽が聞こえてくる。

「おい、洋一、どこ行ったんや。まだお父さんの話は終わっとらへんぞ」

惟康がよろけながら洋一のあとを追う。ナミ子も急いであとを追った。イヤな予感がした。

「お父さんの話をいいかげんに聞くなんて、生意気なヤツや。そやから担任の先生にもえらそうな口を利くんや。なんじゃ、あの態度は。お父さんの顔をつぶしやがって。よっぽどお前の教室に行って、一発ぶちかましてやろうかと思うとったんやぞ。……おい、何とか言え。返事をしろ。その手を止めろ」

惟康の足元がふらつき、ファミコンの線を引っ掛けた。画面が瞬時に真っ暗になった。

わあっーと洋一が大きな叫び声を上げた。

「何するんや。せっかく必死でここまでクリアすることができたのに。あーあ、お父さんのせいやで。台無しや。また初めからやりなおしや。くっそー、お父さんが悪いんや」

惟康の顔がみるみる怒りに満ちてきた。いっそう赤みを帯び、倍ほどに醜く膨らんで見えた。

「ファミコンなんか、誰が持ってこいと言うたんや。お父さんはお前に許可なんかしとらへんぞ。こっそりと、誰がリュックに入れさせたんや。飛行機の中で何を大事そうに抱えとるんかと思うたら、勉強道具やのうて、ファミコンやないか。一体、誰の許しを得て持ってきたんや」

惟康は後ろを振り返って言った。ナミ子に向けた言葉であることは明らかだ。

「こんなもんまで持ってくるから、見てみい、隣のサンヨーのえらい人にまで迷惑をかけてしまうんや。学校でちゃんとでけへんヤツが、お父さんにえらそうな口を利くな。……こんなもん、こうしてやる」

惟康は、足先に引っ掛けていた線を手に取ると、力任せに引っ張った。ファミコンの接続プラグがテレビから抜け落ちた。

わあぁーっと洋一が悲鳴のような声を出し、操作盤を放り出してテレビの方に走り寄った。その隙に、惟康がファミコンの操作盤と本体をつかみ、力任せにサーラの壁に投げ付けた。ボキッと何かがつぶれたような鈍い音がした。惟康はそれを拾い上げ、もう一度壁にぶち当てた。

「やめてー、やめてー」

洋一はもう半狂乱になって叫び続けている。惟康は、今度はそれを長い頑丈な足で蹴りまわした。

同じような光景を、ナミ子は前にも見たことがあると思った。蹴られるのはファミコンではなく、ナミ子自身であった。その時、洋一はまだ四歳であった。

「やめてー、やめてー」と泣き叫ぶ声が、その時の、「ケイサツを呼ぶぞ、ケイサツを呼ぶぞ」とナミ子の前に立ちはだかった洋一の声に重なった。

洋一の顔の色がみるみる濁った紫色に染まっていく。彼は今、はっきりとあの時の父親の行為を思い出している。

(洋一が危ない。洋一がダメになる)

ナミ子は必至になって惟康を寝室に押しやり、ドアを閉めた。

急いで洋一を膝の上で抱きしめる。洋一は体を震わせ、しゃくり上げながら声を殺して泣いた。

大声で泣きわめけば、惟康が寝室から出てくるだろう。怒りがさらに増大されぶり返されるのだ。

しばらくすると洋一は泣きやんだ。泣きやむしかない。

黙って二人で、散乱したファミコンの部品を拾い集める。本体部分のソフトの差し込み口に大きな亀裂ができていた。ファミコンを差し込むと、グラグラと動いた。

「こないになってしもたら、もう使われへん。お父さんがやったんや。お父さんのせいや。お父さんなんか、ゼッタイに許したらへんから。ボクのファミコンを壊してしもたこと、ゼーッタイに忘れへんから」

子供とも思えぬ憎しみに満ちた目であった。

その時からあきらかに彼は父親との間に、ある一定の距離を置くようになったとナミ子は感じている。

「お父さんのような人間には、なりとうない」

それが洋一の口癖になった。

洋一は相変わらず、毎日忙しそうに学校に出かけて行く。たいていは顔も洗わず、朝ご飯も食べずに家を飛び出して行く。バイクの音が、あわただしく緩い坂道を遠ざかっていくのを、まるで目の前で見ているように、ナミ子は布団の中で聞く。

夜遅く帰ってきた洋一は、時々、背広にネクタイをきちんと締めていたりする。ナミ子ははっと気が付いた。

留年が決まってから、背広で出かける日が多くなっていたのだ。その日は帰宅するのが必ず深夜になる。十二時を過ぎることもある。スタジオでないことはわかる。ギターは二階に置いたままになっているから。

「こんな遅い時間まで、背広まで着て、一体どこに行ってきたのでしょうか」

眠ることもできず、リビングで待ち続けたナミ子は、その心を隠すようにわざと丁寧な言葉を使って問う。

「……会社です」

「会社？」

理解できない。

「会社って何ですか。学生やのに、何で会社に行くのですか」

「会社員を始めました。会社に行きながら、学校にも行っています」

つい先ほど飲んだ眠り薬のせいもあり、頭の中が混乱して、わけがわからない。

「何で学生が会社に行かなあかんのか、それをちゃんと説明して。わたしのこの鈍い頭でも理解できるように」

ナミ子は少しヒステリックになっている。

「やりたいことが見つかったからです。留年をしたオカゲで、工学部に入って自分が何をやりたかったのか、それを見い出すことができたんです。それで今、その仕事をしに、毎日、大阪の心斎橋まで朝早く起きて通うてます」

「毎日？……だったら、学校はどないなっとん？」

「だからぁ、学校にもちゃんと行っとるって、さっき言うたやろ。いえ、両方、ちゃんと両立させていまーす」

洋一の携帯電話が鳴った。洋一は黒いナップサックの中をさぐり、それを耳にあてがいながら二階にかけ上がって行った。

しばらくして洋一の部屋をそっとのぞくと、彼はコンピューターに向かい、分厚い印刷物を打ち込んでいた。その夜、彼はずっと起きていた。

朝、もうろうとした意識の中で、ナミ子は、洋一がそろりそろりと階段を下りる音を聞いた。惟康もまだ起き出していない時間だった。

その日、洋一は帰ってこなかった。次の日も帰ってこなかった。その次の日も帰ってこなかった。

（一体、どないなっとんのー）

ナミ子は受話器の中に組み込まれた、洋一の携帯電話呼び出し用のオートダイヤル①を押す。携帯電話の呼び出し音はすぐに、機械的な留守番電話サービスの声に切り替わった。

受話器に向かい、ナミ子はなりふりかまわず大声で叫んだ。やさしい言い方なんかくそくらえだ。男になるのだ、男に。

「おーい、ヨウイチー、生きてるんやろなー。今、どこにおるんやー。家に帰ってくるのかそうでないのか、そんな連絡もでけへんのかー。バンメシの用意をするモンの身にもなっておくれよー。三日分のオカズ、もう捨ててしもたでー。それから、あのオッチャンが、ごっつ怒っとうでー。ヨウイチを出せというてな。オッチャンを怒らせたら、どうなるか、わかっとうやろな」

オッチャンがごっつ怒っとるというのは、ふと思いついたウソである。

この春の移動で職場が変わったせいか、このごろ惟康は人が変わったように穏やかである。夕飯の時にビールを二本飲むと、すぐに二階に上がり、テレビを見ながらまるで子供のようにだらしなく寝入ってしまう。三日間、洋一が帰っていないことさえまだ気付いてもいない。

（男の教育は男親がするんやろ。のんびりと寝とってええんかなー）

ナミ子は心の中で叫ぶ。

夕方近く、洋一の携帯から連絡があった。今から帰ります、カテキョーのバイトのある日なので……。

彼は目をショボショボさせ、よれよれになった背広で帰ってきた。

「何しとったん、三日間。その顔じゃあ、ほとんど寝てないんやろ」

いきなりナミ子に叱りつけられると思っていたのだろうか。部屋に入ってきた時の取り繕ったような固い表情を、洋一はさっと流した。

「……うん。その通り。……六甲と心斎橋を何往復もしとった。終電に乗れなくて、漫画喫茶で一晩中、漫画を読んで過ごした日もある」

ふだんより言葉数が多い。

「六甲と心斎橋を往復するだけでも疲れるのに、こないして、西区のはずれにあるこの家まで帰ってくるのん、ホンマしんどいねんどー。時間的に、相当ムリやねん」

(何故、六甲と心斎橋を往復せんとあかんの?)

小さな疑問が頭に残ったがナミ子は黙っていた。

洋一はとにかく帰ってきたのだ。だが、彼の言い方から、無理して帰ってきてやったんやぞとナミ子は読み取った。

「それなら、カテキョーやめたら?」

ナミ子はわざとその点を突く。洋一はぐっと言葉に詰まり、考え込む。

「……教えとるその子、入試を控えた中三の子やし、今やめるわけにはいかんのや。とにかく、毎日、家に帰ってくるだけで大仕事なんや。それで、……前から言おう言おうと思っていたことなんやけど、今の仕事が軌道に乗ったら、六甲に拠点を置きたいと考えとるんや。一人暮らしもしてみたいし。六甲に下宿をしたら、仕事も学校も近うなるし。……で、そのための資金を稼ごうと思って、オッチャンのスネはかじりたくないので、あれこれやってたんやけど、ちょっと無理やとわかってきて……。初めの計画では、計算通りできるつもりやったんやけど……」

ナミ子にはピンと来るものがあった。敷金を出して欲しいのだ。

「もういい、わかった。無理せんでも、敷金ぐらい何とかするわ。要するに留年したんは、下宿したかったからやろ。あらかじめ計算したことやろ」

意地の悪い言葉が、口からひょいと出る。

「ちがわーい。そんな器用なことができるかあ。好きで留年したんと違うわい」

「ごめんごめん、冗談や。……そや、後期は休学するゆうたやろ。そのお金を回そうと思うんやけど、それじゃあ足らんかな」

「えっ？　……ああ、そうやったな。実は、休学せえへんことにしたんや。後期の講義の中に、今の仕事に役に立ちそうな講義があったんで、受けたいと思うて」

ナミ子がどう言おうと、彼は自分の考えを遂行させるだろう。

「ええやん、そうしい、そうしい」

ナミ子はあっさりと賛成した。

「でも、オッチャンには自分で言いよ。この前みたいに黙っとらんと。たぶん、下宿のことは反対されると思うけど。……あんた自身のことやから、自分の力でオッチャンを説得するんやで」

今度こそ、惟康に、男の教育というものをばっちりと見せてもらわなければ。そう考えると胸がわくわくした。

この四年間、待ちに待ち続けた瞬間に、もうじき立ち会えるのだ。

家庭教師のバイトから帰ってきた洋一は、その足で二階にかけ上がった。惟康の部屋に入り、下宿のことを告げている。耳を澄ますと洋一の早口の声がかすかに聞き取れる。もうじきだ。もうじき惟康が大きく吠える。

「アホかっ、お前は」と。

だが、その恐ろしい怒号も、往復ビンタの音も何も聞こえない。二階はずっと静かで平和である。

三分も経たずに洋一は階下に下りてきた。ナミ子の前にすとんと座り、

「オッチャンがな、オカンはどないゆうとるんや、やて。オカンに聞け、やて。オカンが許すんやったら、ええ、ゆうとる」

　洋一が初めてナミ子をまっすぐに見た。自信に満ちた顔だった。長いこと、洋一の顔を正面から見ていなかったとナミ子は思った。

（えらそうなこと言うとったのに、何も言わへんやないの。男の教育は男親でないとでけへんとのたもうたのは、どこのどなたさんですか）

オッチャンに言い返したい言葉が頭の中にうず満いていた。

　そして次の日。洋一は、黒いナップサックに、少しの着替えと数冊の教科書を押し込み、しわだらけの背広を着て家を出て行った。

七月二日のこと

JR西明石駅の、西側にある改札口。

わたしたち三人は順に切符をくぐらせる。

夫とわたしから数歩離れて、息子の卓児が続く。が、卓児の足は何かにつまずき、一瞬立ち止まる。彼は足元に視線を落とし、とぼけた感じでジーンズの片方のポケットをさぐっている。切符は反対の手に持っているのに。

それから、「えいっ」と心の迷いを吹っ切るような声を口から発し、切符を穴に差し込む。わたしには卓児の心の中が透けて見える。今すぐにでも引き返したい気分であろう。

だが、彼は引き返しはしない。夫とわたしのあとに続いている。

わたしたち三人は、改札に続く仕切りの柵の、こちら側の人間になった。あちら側にいる人間とは違う空間に仕分けられてしまった。

たった一枚の切符で。

あちら側には（といっても手を伸ばせば容易に相手に触ることができる近さであるが）不安そうな顔で小さなヨナを抱く弓子が立っている。弓子は卓児の妻である。卓児より二歳年上である。そのことを、ふだんから彼女は、人に指摘されぬようにひそかに気を遣っているように見える。

「ヨナちゃんバイバイ。ちょっと行ってくるからね」

わたしがこちら側から手を振ると、ヨナは、弓子の胸にぐんなりと押し付けていた丸っこい体を少しだけ起こし、

「イァーヤ、イァーヤ」と言った。それはふだんのヨナの声とはちょっと違う、力のない弱々しい声だった。

ヨナはもうじき一歳半になる。卓児に似たのか言葉が遅く、「マンマ」と「イァーヤ」の二つの言葉しかしゃべれない。

今朝、突然熱が出たというのは、本当のことかもしれない。ヨナがあまりにもぐったりしているので、わたしの心は弓子の言葉を信じる方に少し傾きかけている。だが、心底信じているわけではない。きっと何かがある。疑いにも似たそんな思いをぬぐいさることができないでいる。

「ヨナ、ざんねんやなあ。みんなで新幹線に乗るのを、いなかに帰るのを、楽しみにしとったのになあ。しょうがないな、ここでバイバイやな」

夫もしわがれた低い声で話しかける。

ふだん通りのさばさばとした口調である。さして残念な気持ちが込められているとは思えないその口調で、わたしは、夫も、ヨナの今朝の突然の発熱を信じていないらしいと推測した。熱など出てはいない。今朝早くからのことは全部、弓子のお芝居ではないか……と。

ヨナは夫のしわがれた声にひどく反応した。勢いよく身を起こし、小さな子供とも思えぬ怪訝な目付きをし、頭を大きく左右に揺らしていやいやをした。

三年前、夫は中咽頭ガンを患った。放射線と抗がん剤を組み合わせた治療を四か月続けた。みるみるうちに体重が二十キロも減った。まるで別人かと思うほど、痩せ細った体になった。それほどにつらい治療であったのだ。

生存率四十パーセント。治るかどうかの保証はできません。最悪の場合のことも頭に入れておいてください。治療が始まる前に主治医は夫とわたしにはっきりと言った。

生存率四十パーセントやと。そんなアホな。オレにはまだやらなあかんことがいっぱいあるんや。はいはいわかりましたと死ぬわけにはいかんのや。誰が決めたのかしらんそんな数字なんか信じることはできん。オレは絶対に治ってみせる、と言い、夫は苦しい治療に耐えた。

夫は四十パーセントの中に残った。中咽頭に巣くっていたガン細胞はきれいに消滅した。再発もなく、今は小康状態を保っている。

だが、この先ずっといい状態が続くとは限らないのだ。もし再発した場合、もうわたし一人では対処できないのではないか……。

現に三年前の時だって、このわたしはおろおろするばかりだった。治療のせいで、唾液の激減した夫の喉をつるりと通る食事の準備にも、毎回苦労した。

眠りを促す薬を飲んでも眠れない夜が続き、わたしは何度もめまいを起こして倒れた。そのたびに、近所の町医者で点滴を受けた。夫の看病どころではない。かえって足手まといになることばかりだった。

「ミーコとオレらが一緒に住んどった方が、今後おとんにもし何かあった時、何かと心強いやろと思うんやけど……」

卓児は弓子を、ミーコと呼ぶ。

（何がミーコや。ネコの名前やんか、それ）

わたしの耳はそれを違和なものとして感じる。

卓児が電話で、しつこく夫の体の心配をするので、わたしは卓児の一家と同居を始めることを決心した。すると卓児の方は、二世帯が住むには今のままでは暮らしにくいと言い出し、築三十年余りのわたしと夫の家を、長期のローンを組んで建て直すという大きな決断までした。

そうやって、一緒に暮らし始めて、すでに半年が経とうとしているが、ヨナは、どうしても夫の太くて低い声に慣れないでいる。初めのころは、仕事から帰ってきた夫が、

「ヨナ、ただいま」

と呼びかけるたびにびくりと身震いをし、ぎゃあーっと大声で泣いた。

「ヨナはいい子やからな。かあさんと、おうちでおとなしく寝てるんやで。用事が終わったら、とうさんはすぐ帰ってくるからな」

卓児は何度も後ろを振り返り、手をせわしなく左右に振った。

わたしたちの子供には、ママ、パパと呼ばせることはしません。三十や四十を越えた大の大人が、自分の両親のことを、ママ、パパと呼ぶなんてこと、考えただけで、気持ちの悪いことです。そういう人たちの安易な考え方は、わたしは受け入れられません。せめて、途中で普通の呼び方に変えればいいものを、どうしてずっと幼児の時の呼び方を続けるのでしょうか。世の中の人たちはおかしいと思わないのでしょうか。……わたしたちは、この子には、とうさん、かあさんと呼ばせようと思っています。だからおかあさんも協力してください。……ヨナが生まれた時、弓子からぴしゃりと言われた言葉を、柵のこちら側でわたしは思い出している。

柵の向こうのヨナは、三人がどんどん自分から離れていくことが何を意味するのか、もちろん理解できない。「イァーヤ、イァーヤ」と前よりは幾分しっかりした声を上げ、弓子の腕の中から抜け出そうともがいている。短い両手をまっすぐ、卓児に向けて差し出している。その目は卓児が自分の元に戻ってくると信じている。顔を真っ赤にして泣き続けている。

わたしは振り返ることをやめ、足を速めた。陸橋に続く三段ほどの階段を上がり、しばらく行くと、弓子とヨナの姿は見えなくなった。

わたしたちは無言でエレベーターに乗り、下りの新快速の停まる2番ホームに下りた。新快速で姫路まで行き、そこから十一時五十八分発の下りののぞみに乗る。山口県の周防大島にあるわたしの生家に帰るには、広島駅でこだまに乗り換えなければならない。新岩国駅からは予約してあるレンタカーを使う。

三日間の滞在予定であった。

近い将来、その生家に夫と共に移り住むことになる。

(近い将来？　それはいつ？　そんな日が本当に来るのだろうか)

その日のことをわたしはいつも考えている。すべては、ガンと全力で戦ってきた夫が答えを出すことである。夫の心の中にはまだいくばくかの不安が残っており、なかなか決心がつかないであろうことも、わたしはわかっている。

だが、夫はそんなそぶりはみじんも見せない。その日に向けた準備を、少しずつではあるが、確実に進めている。

今回の帰省は、二階の和室二部屋のエアコンの取り付けと、かつて母が使っていた古い洗濯機の処分と新機種の購入。急きょ、間に合わせに建ててもらったピアノ小屋の、防音カーテンをつり下げることなど、……些細なことではあるが、これからの暮らしに必要ないくつかの雑用をこなすためであった。

その雑用を、中一日で効率よくすませるために、わたしは、何度か地元の業者と電話でやり取りをし、取り付けや搬入の日と時間を予約した。同居中の卓児にも早々と助っ人を頼んだ。

七月二日の土曜日に出発するわけだから、滞在三日目は月曜日になる。つまり、卓児には月曜日、会社を休んでもらわなければならないことになる。

卓児は手先が器用で、家の中の細かいことは何でもできる。例えば全自動洗濯機の蛇口やアースの取り付けとか、カーテンの採寸、レールの取り付けとか、深夜電気を利用した温水器のリモコンの操作とか……。そんな簡単なことが、どういうわけか夫は全くできないのだ。

当然、弓子とヨナも卓児と一緒に帰省をすることになっていた。先祖の墓参りはもちろんであるが、いなかで暮らす年老いた親戚の人たちに、歩き始めたヨナの姿を見てもらいたいし、わたしが子供のころに毎日のように泳ぎに行った瀬戸内のきれいな海を見せたいし、時間があれば、白砂の上で遊ばせたいとも思っていた。

わたしはきっちり一か月前に、五人分の新幹線の往復切符とベビーチェア付きのレンタカー一台を手配していた。


それが帰省するその日の朝に、突然、弓子が、

「ヨナが何だか熱っぽいので、今回はいなかに帰るのをやめておきます。ヨナとわたしはこっちに残ります。無理して連れて帰って、向こうでいろいろとご迷惑をかけてはいけませんので……」

と言いだしたのだ。

出かける一時間前に――。

わたしは思い出した。彼女が、前日になっても帰省の用意を全くしようとしなかったことを。めずらしくぼんやりと考え事をしていたことを。

前日はヨナのベビースイミングの日であった。ヨナは弓子に連れられて元気に出かけて行った。

「ヨナは水が好きなんです。プールに行く日は元気過ぎて困ります」

その日も弓子はうれしそうにわたしに話してくれた。

やはりこれは計画的なドタキャンに違いない。

悪い方には考えたくないが、どうも何かが臭う。朝一番に、彼女はかかりつけの山田小児科にヨナを連れて行き、遠距離の旅行は無理だろうという診断書までもらってきている。わたしたちに対して何もそこまでしなくても……。

わたしははっとした。

（そういうことか、やっぱり……）

そういう行動に出た彼女の、心の闇の部分に、思い当たるふしがあった。一緒に住み始めた最初のころ、わたしにとってもそれは、飲み込むたびにチクチクと喉を刺すトゲのようなものであったが。

今のところ弓子は専業主婦である。無職のわたしは、だから、日中は彼女と一緒に過ごすことが多い。と言っても、わたしは同居前と変わらず、昼と夜の逆転した生活を貫き通しているのであるが。

同居を始める前に四人で何度か話し合いを持った。わたしには食事を作ることが割り当てられた。それは主に夕飯であるから、昼過ぎに起き出しても、買い物もご飯ごしらえも、ゆうゆうとできる。

卓児は、大阪の大手の保険会社の傘下にある、テクノロジー関係の会社に勤めている。通勤に一時間半もかかるので、帰宅は夜の十一時とか十二時過ぎになることが多い。毎晩のように、弓子は、ヨナを寝かせつけるついでにそのまま眠ってしまうので、真夜中の卓児の食事の用意も、ついついわたしがすることになる。揚げ物なら揚げ立てを、汁物は熱いものを、というのがふだんからのわたしの主義である。

わたしは、昼過ぎに二階の自室から階下に下り、朝食とも昼食ともつかない食事をとる。それからヨナの昼寝の邪魔にならないように、静かに洗濯をしたり掃除をする。何をするにもヨナのことを第一に考えなければならない。夫と二人で暮らしていた時のような、ただぼんやりと過ぎる昼間の時間は一切ない。現実は甘くはないのだ。だがわたしは自分をふるい立たせた。

そう長くこの生活が続くわけではない。

一緒に過ごせる時間をわたしなりに一生懸命努めよう。

腹をくくったわたしは以前よりもずっと働き者になった。

そうしてわたしに課せられたすべての分担分を終了させ、よろよろと階段を上って二階の自室に引き上げると、もう日付は次の日になっている。そこからの数時間がわたしの自由な時間となる。（つまり、昼夜逆転の生活を改善させることは、彼らと同居をしても不可能である。）

わたしはいつも、午後から出勤の、夜間勤務のパートのおばさんになったような気分である。

そのことを、冗談半分に弓子に話すと、彼女は、

「わっ、パートのおばさんだなんて……おかあさん、そんなふうに言われると返事に困ります。……卓児さんが聞いたら何と言うか」

きっと睨まれた。

わたしは一緒に笑ってくれると思っていたので、その返事を聞いて驚いた。（マジやばいっす）という若者言葉が頭に浮かんだ。

彼女は、万事にきちっとしている。

それとなく毎日、彼女の行動を観察してわかったことだ。彼女は家事をこなしていく上で、一ミリでもズレがあると許せない性格らしい。難しい方程式は、いつどんなことがあっても正解でなければならないのだ。間違えると正しい答えが出るまでいろんな式や計算

を続ける。

そこがわたしと大きく違うところ。わたしはそんな方程式なんか解く必要はないと常々考えている。決まったルールの中で行動するなんてバカげたことだ。わたしは曖昧なこと大好き、ズレること大好き、計算違い大好き人間である。そういうわけで、彼女とわたしとの接点はあまりない。

神戸に帰ってくる三年前まで、弓子は、東京に進出したIT企業の開発部門の出世コースを走っていたらしい。あれとこれをつなげ、あれからこれへ転送する仕事らしい。何度聞いてもわからない。どんな携帯からでも検索できるサイトを作るとかいうのは、ふんふん、あれやなと思って何となく理解できるが、専門用語と細かい数字が次から次へとつながると、もうさっぱり。

キャリアウーマンと呼ばれ、驚くほどの高額の給料をもらっていた人の仕事だから、まあわからなくて当然。

弓子の一番の弱点と言えば、料理ができないことだ。卓児と結婚した時、毎日三食とも、外食かコンビニ弁当だったと聞いたことがある。これから子を作り、産み、育てていかなければならない人間が、そんな食生活をしていていいのだろうかとわたしはずっと不安に思っていた。心配するだけで、言葉に出して言ったことは一度もない。

(忠告など余計なこと。口に出したらアカン)

わたしは初めから、傍観者でいることを心に強く決めている。

彼女の不器用さは一緒にキッチンに立っているとよくわかる。でもわたしだって、彼女に自慢できるほど料理はうまくはない。食事のたびに文句ばかりを言う夫に長い間鍛えられ、いつの間にか、どうにか、それなりにできるようになってきたと思っている。

わたしの隣で野菜を刻みながら(その刻み方はどれも同じで、出来上がってみると全部細切りの料理ができたりする)、彼女は舅の悪口をずけずけと言う。それほどわたしに心を許しているのか、あるいは計算尽《ずく》のことなのかどうか、そこのところはわからぬが。

「おとうさんの自慢はいつも、中学校の校長をしていたということだけですね。そこから一歩も外にはみ出しませんね。そんなことはたいしたことではないのに。と言うか、他の話題を知りませんね。いつもおとうさんの話はあんまりおもしろくないし、同じことの繰り返しばかりだし。……言い過ぎかもしれませんけど、おとうさんは頭が悪いですね。一を聞いたら一の範囲だけ。五や十まで想像することができませんね」

それは同感なので、わたしはうんうんと頷きながら聞いている。

「それにおとうさんは嘘つきやと思います。二年前には、後二年でいなかに帰ると言っていたのに、同居を始めてもう半年が過ぎてるのに、まだ後二、三年はこっちにおりますって、いつだったか、電話の相手にしゃべっていたのを耳にしました。おとうさんの声は大きいから、二階でしゃべっていてもキッチンまでまる聞こえなんです。ああ、この生活をいつまで辛抱すればいいのか……先が全く見えなくて、しんどくなります。時々、息をするのも苦しくなって……」

彼女は下を向き、目をしばたたいている。

「おとうさんが、この家から出て行かないつもりなら、先にわたしが出て行きます。ヨナを連れて……どこかに小さなアパートを見つけて……」

わわ、そ、それは……。

返すべき言葉が見つからない。わたしは鍋の中の具を何度もかきまぜ、

「卓児が、悲しみますよ。卓児はどうするんですか」

やっと口から出た言葉に対し、

「養育費を送ってもらって、……卓児さんにはこの家にいてもらいます」

と彼女は返す。

「卓児も、一緒に連れていってあげてください」

「そういうことではありません。別問題です。卓児さんは今、おとうさんのことで何も困ってはいないのですから、わたしと一緒に括らないでください」

彼女はびくともしない。

「卓児さんが、オレは小さい時から、おとんを反面教師として、あんなヤツには絶対なりたくないと思って大きくなってきたんや、っていつも言っていますけど、それはある意味、正しかったと思いますね。もしおとうさんがあんな人でなかったら、もっといい人だったら、卓児さんの人間性も性格も、今とは全く変わっていたな、と。人の心のわからない人間になっていたなと思います。だから、あんなおとうさんでよかったなと、逆にわたしは思うようにしています。そのおかげで卓児さんに出会えたのですから」

ふーむふむ……。

しかし、である。わたしと夫は他人であるが、卓児と夫は血が繋がっていて、いずれある年齢を経ていくと、夫のよからぬ（と卓児と弓子が思っている）ＤＮＡが目を覚ますことだってあり得るわけだ。卓児はそうなる可能性を予測していて、必死で自己を押さえているのかもしれぬ。いつか、そのＤＮＡが暴走した時、弓子は卓児を憎み、卓児からさっさと逃げ出すのだろうか。

夫から逃げ出す勇気のなかったわたしに比べ、弓子は自分を守るための決断が潔い。そんなことは平気の平左でやってしまいそうだ。

「おかあさん、うつ状態になりながら、そうやって何十年も我慢してないで、これからは、『わたしを捜さないで下さい』とこっそりと書き置きをして、一週間ぐらい家出をしたらいいんですよ。おかあさんがいなくなったら、きっとおとうさんはパニックに陥るでしょう。今みたいに、えらそうな態度ではおれなくなるでしょう。わたしから見ても、何ひとつ自分のことが出来ない人ですから、おとうさんという人は。一度、そうやって我儘なとうさんをうんとこらしめてやったらいいんですよ。おかあさんには、家出をするだけの充分な資格がありますよ。わたし、おかあさんの家出に大賛成です。実行したら、おとうさんには知られぬように応援します」

そう言われたのは、同居を始めてすぐのことだった。

頭の中でがんじがらめに絡み合っているいろいろな言葉に気をとられ、いつもおかずの味がおかしくなった。

弓子が夫をここまで嫌うのにはわけがある。卓児が、今の場所に新しく建て替えた家に、あと数日で引っ越しをするころになって、夫が、半年間にわたるマンションでの仮住まいのいらいらやらうっぷんやらを、彼らに電話でぶちまけたのである。

「お前たちにひとこと言いたいことがある。調子に乗るのもええ加減にせえよ。何のことですか？　とは。……ほう、一体誰の土地に家を建てさせてもろとるんか、その事実を、よもや忘れてはないやろな。あの土地はオレの物や。お前らの物ではない。態度がでか過ぎるのと違うか、このオレに対して。下手にオレを怒らせると、何をするかわからんぞ。そうや、オレは今すぐにでも、お前たちの計画を潰すことだってできる。あの土地を売り払うことだってできる。うるさいっ、黙って聞けっ。自分の土地を、売ろうがどうしようが、オレの自由や。だいたいやな、こんな狭いマンションに、半年もの長い間、オレたちを閉じ込めて、不自由な暮らしをさせやがって。自分たちだけ楽をしやがって。二度も三度も引っ越しをさせやがって。……もひとつついでに言うぞ。一体誰が、いつ、お前たちに、家を建て替えてくれと頼んだんや。オレはその言葉を一言も口に出した覚えはないぞ。それは誰の入れ知恵や。どうせ、そばにおるその二歳年上の、口達者な、生意気な女のたくらみやろ。そや、お前もアホや。すっかりその女のいいなりになりやがって。根性なしもええとこや。……まあ、新しい家に、オレとおかんそれぞれに、二階に個室をあてがってくれたのはええとしよう。見たところ、使い勝手のよさそうなええ部屋や。だが、オレたちがあと何年か後に、いなかに引き揚げたあと、その部屋はどうするんや。二つの部屋をそっくり空き部屋でおいとくわけにはいかんわな。……そこや、そこ。お前らの魂胆はオレにはとうに読めとるぞ。あの女の母親と父親を引き取るつもりやろ。どや、図星やろ。だがそれはならん。念を押して、もう一度言うぞ。それだけは許さん。若いころ、オレがどんな思いをしてこの土地を買い、どんな苦労をして家を建てたか。お前にはわからんやろ。それもわからん奴らに、オレの土地に建つその家に、よそもんを住まわせることはならんのや」

いつのころからか。わたしは、夫の低い声に拒絶反応を起こし、夫の声が耳を素通りするようになってきていた。

夫が彼らに電話をしている時、わたしは襖をへだてた隣室にいたが、夫が何をわめいているのかよく聞き取れなかった。

電話の恐ろしい内容は、後日、卓児からこっそり教えてもらった。卓児は、

「おとんの考え方は全部おかしい。どっかが狂うとる。心だけでなく、頭までおかしなっ

とる。もしかして、ガンが脳に転移してしもとるんと違うか」

とあきれ果てた口調で言い、

「自分の父親からあんな言葉を聞くなんて、悲しすぎる。基本的な事がわかってないだけでなく、言うとることが情けなさすぎる。オレの物と主張すること自体がおかしい。権利書を見るまでもない、あの土地の半分はおかんの物や。おとん一人では売ることも何もできん。まるでガキや。ガキのいいがかりやな。……でもな、あんなおとんやからこそ、オレたちと一緒に住む理由があるんや。ヨナとの楽しい時間を与えてやったら、少しは人間としてましになるんと違うやろかって思うんや。それより何より、問題はおかんや。長いこと、うつで苦しんでいるおかんを見過ごすわけにはいかんのや。オレたちと過ごすことで、おかんが健康になってくれたらええんや。……ええこと教えたろ。ミーコがな、あんなおとうさん、死んだら絶対に地獄に落ちるわ、間違いないわと言うとったで。ミーコはああ見えて、直球を投げるんや。結構すごい球やで」

と付け加えた。

わたしはからからと笑った。笑ってごまかすしかない。

「ホンマや。地獄には落ちると思うよ、ついでにこのわたしもね」

そうよ、みんな地獄に落ちるのよ。そう言いたかった。

家を建て替える提案に賛成したのはわたしであり、夫の怒りはわたしに向けられるべきだったから。


下りの新快速は空いていた。わたしたち三人は向かい合わせの席に座ることができた。座るとすぐに夫が、

「なんでヨナは急に熱が出たんや。昨夜寝る前には、あんなに元気やったやないか。昼にはベビースイミングにも行ったんやろ」

と詰問をするような口調で訊ねた。ヨナと弓子のことを心配しているのだとわたしは思った。卓児は何かよそごとを考えているような目付きをして窓の外を見ていた。

「弓子さん、一人で大丈夫かな」

小さな声で隣に座っている卓児に訊ねる。

「大丈夫や。ミーコが何とかする」

卓児は窓の外を見ながら答えた。

(きっと、生駒のお母さんに電話して、来てもらうんでしょ)

そう言いたかったが、黙っていた。夫は言うまでもなく、耳をそばだててわたしたちの会話を聞いていた。

「なんで弓子さんは急に、帰らんと言いだしたんや。弓子さんと夕べ何ぞあったんか」

夫は数か月前の自分の問題発言のことなど、すっかり忘れている。いや、忘れてなどいない。ただそれに触れないだけのこと。

「なんでや。なんで、一人で家に残ると言い出したんや」

夫はなおも問を繰り返す。

「うるさいなあ……」

卓児は夫をきっと睨みつけ、

「とにかく、姫路に着くまでちょっとだけでも眠りたいんや。……朝早うから、ヨナを連れて、病院、薬局と駆けずり回っとったんやから」

「おお、そやったな。すまんすまん」

夫は、失敗を見つけられた子供が、わざと自分の気持ちをごまかす時のような、いたずらっぽい目をし、口元をゆがませて笑った。夫がそんな顔を見せるのは、とても機嫌のいい時である。卓児と向かい合って話す時だけである。わたしには見せることのない、ネジのゆるんだような夫の笑顔。

夫は、コロコロ（キャリーバッグ）の持ち手に引っかけてあった貴重品入れの黒いセカンドバッグからウォークマンを取り出し、耳にイヤホンを詰めた。好きな演歌を聞くのだ。わたしは肘掛けにもたれ目を閉じた。今日からの三日間が重く背中に乗っているのを感じていた。


四か月ぶりに帰った生家は、家の前庭も裏庭も、五、六十センチほどに伸びた雑草がびっしりと生い茂っていた。

例年になく寒い冬のあと、春先からは雨の日が長く続いたという。それで一気に雑草が伸びたのだという。隣村に住む妹が、電話でそんなことを話していたのを思い出す。

レンタカーから、荷物をひとまず玄関の上がり口に放りこみ、さっそくわたしは草引きに取りかかる。せめて玄関前だけでもきれいにしなければ。人が住んでいるように見せなければ。

夫と卓児は手分けして、一階と二階の雨戸を開けて回っている。ちらっと見上げると、二階の東隅の、わたしの部屋の雨戸を卓児が開けているのが見えた。

(卓児ならいい、卓児ならわたしの部屋に入っても許せる)

わたしは口の中でつぶやく。

家の前庭は四十坪ぐらい。手の届く半径一メートルほどの範囲を抜いただけで、もう全身からぼとぼとと汗が滴り落ちる。人間の気配を感じ、無数の蚊がどこからともなくやってきて、ブーンと襲いかかってくる。

「こらあかんで、蚊の大群の襲撃や。蚊取り線香がないとえらいことになる」

雨戸を開け終わり、外に出てきた卓児が、もう腕や足首のあたりをボリボリ掻きながら言う。わたしは家の中に飛び込み、台所の引き出しやリビングの棚や、階段下の倉庫の中を探し回る。蚊取り線香はどこにもない。あとで農協のスーパーへ買いに走らなければならない。

「草引きは一旦終わりにして、先に墓参りと親戚への挨拶に行くことにしよう」

リビングのソファーに腕を組んで腰を下ろし、エアコンの風にあたっている夫に声をかける。

夫はエアコンが好きだ。一日中エアコンの涼しい風の来る場所に座っている。気難しい顔をしてテレビを見ながら、常にエアコンの風の流れ具合を気にしている。

一階の雨戸は全部開け放たれ、四か月ぶりの明るい光が、縁側や二間続きの畳の表面に、打ち寄せる波のようにたゆたっている。

わたしのコロコロは？　と目で探すと、まだ玄関先に転がっている。日頃からわたしは、自分の物を夫には触らせないようにしている。が、今、二階へ重いコロコロを運び上げるのはしんどい。後にしよう、と思う。

いつも通り、仏壇に供え物と花を用意する。大事に持って帰った過去帳の今日の日付けのページを開け、手を合わせて壇上に置く。

続いて、冷凍ケースに入れて持って帰った肉類や、途中のスーパーで買い求めた三日分の食材を冷蔵庫の中に収める。台所の流しで、墓参りに持って行く菊の花の水切りをしていると、ちょうど庭から引き上げてきた卓児の携帯が鳴った。弓子からだった。

うん。えっ？

あー。うーん。……

あいまいな返答を繰り返している。どちらかと言えば、卓児はふだんから無口の方である。それが突然、

「……と言うことは、朝の決断は間違ってなかったと言うことやな。結果オーライという

ことやな。連れて帰らんで、正解やったということやな。わかった、わかった」

にわかに大声になった。テレビを見ながら聞き耳を立てている夫に、わざと聞かせるような言い方である。

電話を切ってから卓児が、

「ヨナの熱が三十九度まで上がったんやと。解熱剤をお尻から入れようとしてるらしいんやけど、どないして入れたらええんかわからんのやと。一人で困っているんやと。ヨナが泣いて泣いて、どうあやしても泣きやまないで……、そのー、呼吸困難状態に陥っているというか、……喉の奥から、ケーンケーンと、なんか、オットセイのよう声を出しているんやと……」

と言った。思いもしないヨナの急変に、呆然としているようだ。そんな大変なことを聞いても、

「ふーん、そりゃあまた大変なこっちゃ」

夫は他人事のようにつぶやき、

「そういうなりゆきになるんが、弓子の初めからの計画や。で、すぐに実家に電話して、お母さんに来てもらうんやろが。もちろんお父さんが車を運転してな。心配なんかせんで

ええ。筋書き通りの進展や」

と睨み付けるような目で言った。わたしは少しムッとした。

「筋書き通りなんて言い過ぎやわ。そら、弓子さん一人だけやったら心細いから、お母さんに電話するわ。お母さんは元看護師やし……」

「元看護師？　そやからお前はアホやというんや。今の電話の内容を信じるな」

夫の疑惑はそうとう深い。

「そんなこと言って、じゃあ、ここからわたしらが今すぐ駆け付けることができる？　そんなこと不可能やん。今頼りになるのは、あちらのお父さんとお母さんだけやないの。わたしだって親に電話するわ」

ちょっとムキになってわたしは言い返す。

「親に電話をすることを問題にしとるんと違うんや。今オレが一番言いたいことはやな、今夜、お父さんとお母さんが、あの家に泊まるかどうかということや」

「当たり前やわ、泊まらなしょうがないでしょう。生駒から車で三時間以上もかかるんやから。そのまま日帰りなんてタイヘンやわ」

「あきれてものが言えん。全くお前という人間は、考えがいつまで経っても進歩せえへん。

モノゴトの表面的なことしか見ようとしない」

夫はわたしを睨み付けた。

夫の言いたいことはわかっている。同居を始める時に、電話で卓児にうっぷんをぶちまけたことと同じことだ。それをまた蒸し返そうとしているのだ。夫は自分の留守の間に、他人が家に泊まり込むのがどうしても許せないのだ。

「お前はおかしいと思わんか。待ってましたとばかりに……」

「その他人という言い方、ちょっとおかしいんじゃない？」

他人ではない。

「他人やから他人や。そのどこがおかしいんや」

黙って聞いていた卓児がすくっと立ちあがる。

「つまらん言い合いはもうええから。墓参りに行こう」

卓児の一言でわたしは我に帰る。卓児がいなかったら、ちょっとした言い合いから、とどまることを知らぬ大喧嘩になっていただろう。夫との人生はそういうつまらぬ言い合いの繰り返しであった。

夕食も終わった。台所の片付けも終わった。時計を見るとすでに十時を過ぎている。庭の草引きから始まって、ずっと働き通しであった。二階の自室にコロコロを引き上げることすらできなかった。

その時やっと気が付いた。玄関の上がり口に置いたままの、わたしのコロコロがない。階段を駆け上がり、自室の引き戸を開け、電気のスイッチを押す。幅一軒半ほどの板敷きの、窓に向かって細長いわたしの部屋。

入口を入ってすぐの場所に古いライティングデスクがある。昨年秋、マンションの仮住まいに不要なもののいっさいがっさいを、引っ越し屋の大型トラック二台で生家に運び込んだ。その中のひとつである。

そのライティングデスクの横に、コロコロは置いてあった。持って上がってくれたのは、夫か、卓児か。コロコロはデスクの側にまっすぐに置いてある。卓児に違いないとわたしは思った。

蒸し暑い夜だった。

カーテンを開け、網戸越しに夜風を通そうと窓の方に近付いた時、天井と正面の白い壁紙に、おびただしい数の黒い小さな斑点が浮き上がっているのに気が付いた。前回の帰省から四か月も雨戸を閉め切っていた。長雨のせいでカビが生えたのかもしれない。いや、もしかしたら、下壁から浮き出した汚れの染みかもしれない。

二年前、家のリフォームをしてくれた大海《おおうみ》建設の社長が、

「あってはならないことなのですが、もしかすると、壁紙の下の元々の壁の汚れが、湿気や何かの関係で、表に染みだしてくる場合があります。何しろ百年も経つ古い家ですから。そういうことも充分起こり得るとあらかじめ了承していただきたいのです」

と言っていたことを思い出す。やはり古い家のリフォームには限りがあるのだろうか。染みの具合を確かめなければならない。窓辺にそろりと近付く。目を凝らして窓枠の上の壁をみる。

あっ？　えっ？

気のせいだろうか。無数の小さな点が少しずつ移動しているように見えるのだ。わたしは二、三度まばたきをし、大きく目を見開いた。点を凝視した。

気のせいではなかった。点の正体は、一ミリにも満たない、濃い灰色の体色を持った小さなクモの子。それらがじりじりと、かってきままな方向に動いていた。それと同じものをわたしは子供のころに何度も見たことがあった。

孵化したばかりのヨグモの子だ！

さらに辺りを観察すると、閉じたままの右側のカーテンの真ん中へんに、五十円玉ぐらいの大きさの、真っ白な卵嚢がぴったりと張り付いていた。卵嚢のすぐそばで、体長十センチもあろうかという、黒墨色をした親グモがしっかりと見張り番をしていた。

わたしはコロコロをぶら下げてそろそろと後ろへ下がり、部屋を飛び出し、廊下に出た。引き戸をきっちりと閉めるのを忘れなかった。

持ち出したコロコロをひとまず隣の和室に置く。マンションに入りきれなかった荷物を詰めた段ボール箱が、今この部屋の半分ほどを占めて積み上げてある。が、布団を敷く余裕は残っている。今夜はこの部屋に避難だ。

廊下の突き当たりにある卓児の部屋の戸が開き、明かりが漏れていた。卓児に助けてもらおうと思った。夫はいつものように、階下の涼しい居間でテレビを見ている。夕飯の時にビールを三本も飲み、いい気分になっている彼に頼みごとはできない。不機嫌な顔をされるに決まっている。

卓児の部屋を覗く。彼は寝そべってパソコンに向かい、何かを打ち込んでいた。細かい、暗号のような数字の羅列。仕事関係の報告のようであった。

「取り込み中に悪いねんけど、ちょっと見てくれる？　わたしの部屋がえらいことになってるねん」

虫が苦手な卓児だから、わたしは意識してヨグモという言葉を伏せた。

「何やねん」

卓児はパソコンから目を離さず、面倒くさそうな返事をした。

「あのな、部屋の壁に、ヨグモの子がうようよいるねんけど……」

「えーっ」

クモと聞いたとたん、彼はがばっと飛び起きた。廊下を大股で歩き、わたしの部屋の前に立った。

わたしは自室の引き戸をそっと開け、窓辺のカーテンの上の白い壁を指差した。卓児は一歩一歩、こわごわと部屋の真ん中まで進み、そこから壁と天井を見上げ、

「わ——っ、何やこれ。そこらじゅうがクモの子だらけやないか。わ——っ、もう鳥肌が立ってきた——。気持ち悪う——」

声も足も震えている。

「とにかく、キンチョールか何か、下に行って探そ」

二人はどかどかと音をさせて階段を下りた。階段の下の物入れや台所の水屋の引き出しや、居間の三角コーナーなど、ありとあらゆる場所を探したが、キンチョールは見つからなかった。昼間、農協のスーパーに蚊取り線香を買いに行ったついでに、同じ棚で見かけたキンチョールも買えばよかったと後悔したがもう遅い。農協のスーパーは夕方六時で閉店だ。

「今から寝ようと思うとるのに、何やお前らは。一体何事や。この真夜中に、がさごそと何を探しとるんや」

腕組をしつつ、赤ら顔の難しい顔を解くこともなく夫が訊ねる。

「おかんの部屋で、ヨグモの子がいっぱい孵化しとるんや。壁にびっしり張り付いとるんや」

卓児が即答し、それに対し夫は、

「そらまた、えらいことやなあ」

平然と答えた。彼は驚きもしない。立ち上がる気配もない。もとより、夫にどうにかしてもらおうと思っている二人ではない。

「コンビニや、コンビニに行って、キンチョールを買ってこよ」

卓児が名案を思いつく。

「わたしも、行くわ」

わたしたちは外に飛び出した。

外は真っ暗だった。

生家の周りにはけっこう家が建ち並んでいるのだが、明かりの点いている家は数えるほどしかない。都会の明るさに慣れた目には、いなかの夜の暗さは怖いほどである。玄関の外灯の明かりをたよりに、少し離れた駐車場まで歩き、昼間、端っこの方に停めたレンタカーに乗り込んだ。

一番近いコンビニまで、車で十分ほどかかる。それは土居（どい）という村にある。

卓児の運転するレンタカーは真っ暗な島の道を突っ走る。夜の遅い時間だから、対向車はほとんどない。ヘッドライトに照らされるその一本道は、昼間とはまったく違う顔を見せている。小さいころから頭の中に染みついた、島の西の方に向かう道なのに、どこをどう走っているのか、一瞬、わからなくなる。まるでこのまま、どこか別の世界に迷い込んでしまいそうだ。

「おとんにはまだ話してないんやけど、生駒のお父さんとお母さんが、車をぶっ飛ばして夕方来てくれたんやと」

　卓児がさりげなく切りだす。

「そらよかったわ……」

「それがよくないねん。さっきも言うたかもしれんけど、呼吸困難状態がひどくなって、西病院の救急小児科に走り、救急で診てもらったんやと」

「えっ？　西病院に、救急で……」

「医者の診断によると、ウイルス性の急性咽喉気管支炎やと」

「難しい病名やね。初めて聞くわ。何、そのウイルス性のなんとかかんとかというのは」

「ええと、ミーコのメールによると、仮性クループ症候群という病気らしい。風邪かなと思っていると突然三十九度ぐらいの熱が出て、ケーンケーンとオットセイの鳴き声のような咳をし始めるのがその病気の特徴や。クループには細菌性とウイルス性の二種類があり、ヨナのはウイルス性の方。細菌性のものよりは軽くてすむ。でも、どっちにしても、すぐに病院に連れていかんとあかんのやて。放っとくと呼吸困難を起こし、朝になったら死んでいた、というケースもあるらしい。クループが起きるのは気道の入口に炎症が起き、そこが腫れて、息がしにくくなるからや。ヨナは生まれつき喉が弱いんやな、だから声帯も弱いんや……」

ヨナの病状を、卓児はとくとくとうれしそうに語っている。

わたしは卓児の横顔を見た。彼は薄く笑っていた。

「そんなに、そんなに自分の子供を難しい病気にしたいわけっ」

押し込めていた疑惑が口から転がり出た。

「そんなんと違うわいっ。くそっ」

バンとハンドルを叩きながら、卓児は怒りの塊のようなものを返す。

わたしはしばらく黙っていた。

きまずい二人を乗せて、車はずんずん闇の中に吸い込まれていく。わたしは本当のことを言っただけなのに……。

「……さっきの話の続きやけどな、聞いてくれるか」

卓児の声はもうおだやかであった。

「ミーコのお母さんが元看護師やから、救急で診てもらう要領もよくわかっていてな、助かったんや。……ヨナの受け付け番号は二十一番目やったんやけど、『この子、呼吸困難に陥っていて、息を吐くのも吸うのも苦しがっているんです。今にも息が止まりそうなんです。お願いです、先に診てもらえませんか』って申し出て、それで二十人も飛ばして、一番に診てもらったんやて。お母さんに来てもらった甲斐があったわーって、ミーコが言うとった」

「そ、そうやね、お母さんがいなかったら、……大変なことになるところやったかも……お母さんのおかげやね」

ヨナの状態はそんなに悪かったのだ。芝居でも計算でもなく、本当のことだったのだ。だが、心の奥の深いところで、どう考えても納得できないモノが、不気味な形を作り膨らみ続けている。

コンビニに着いた。

もう真夜中に近いというのに、店は明る過ぎる光をあたりに撒き散らしている。駐車場には多くの車。

昼間と同じように、寡黙な客が何人も、店の中を行ったり来たり。品物を買うというより、ただ無言で光の中にたたずんでいたいのだろうか。あっちの棚にもこっちの棚にも、うつむき加減になり、商品に目を落としている人たち。

卓児は迷うことなく殺虫剤のコーナーに向かう。キンチョールとゴキブリホイホイを代

わる代わる手に取って、瓶の側面に書いてある小さな文字を読み、

「『ハエ、蚊、ゴキブリ、ノミ、ナンキンムシ、イエダニ』のあと、『クモなどの除去に効果がある』とあるから、とりあえずキンチョールにしよう」

と言った。迷わずそれを買った。

だがわたしは、車が家に着くまでずっと、

(除去に効果がある、ということは、殺すことにはならないのか。ということは生き延びるクモもいるということになるのか。ああ、イヤダイヤダ。わたしの部屋をヨグモに占領されるなんて……)

くよくよと考えていた。

夫はまだ寝ていなかった。わたしと卓児のあとから、どれどれと二階に上がってきたが、入口から一歩も中に入らず、

「わあ、ほんまや。そこらじゅう、すごいことになっとるなあ」

と大げさに驚いた。

視力の衰えた夫にも見えるぐらい、ヨグモの子の群れはもう部屋の白い天井全体に広がっていた。わたしは口と鼻をハンカチで覆いながら部屋に入り、キンチョールを持った手

をうんと伸ばし、壁一面にくまなく噴射を続けた。カーテンの中ほどに留まっている親グモにも、絹のような光沢のある卵嚢にも、執拗に噴射した。部屋の中の空気が噴射液で白く見えた。後ずさりをして戸を閉めようとすると、

「まだこっちにもおる、こっちやこっち。入口の内側や」

戸口からずいぶん離れた所にいる夫が、半ば逃げ出す体勢になって、自分だけは安全を確保しながらそう言うのだ。

「これ以上、わたしには無理や。もうイヤヤー」

わたしは大声で叫んだ。ふと朝のヨナの泣き声を思い出した。

「オレがやってやる」

卓児はわたしの手からキンチョールをひったくり、白くもうもうとした部屋の中に飛び込み、ライティングデスクの上と引き戸の内側と天井に、何度か吹き付けた。廊下に飛び出し、引き戸を閉め、

「これでほぼ大丈夫や」

と言った。夫はもう階下に下りていた。

「ありがとう。あんたがおってくれなかったら、どうなっていたことか。わたし一人だっ

たら、コンビニへ行くなんて、考え付きもしなかった……」

卓児は、「ふん」と鼻先から息を飛ばし、

「やっぱり、ミーコが帰ってこんでよかったな。正解や。大正解や。ミーコが今ここにおったら、ひと騒動起きるとこやった。ミーコは虫が、特にクモ類が大嫌いなんや。パニックになって、ヨナと一緒に呼吸困難に陥るところやった。よかったよかった。ミーコの今朝の決断は、五重丸や」

と自慢するように言い、廊下の奥の自分の部屋に消えた。

わたしは隣の和室に入り、畳の上に正座をした。折り曲げる時、膝がぼきぼきっと鳴った。弓子がすぐそばにいるようだった。若い弓子の膝は、ぼきぼきではなく、ぽきぽきと鳴るのだ。

わたしの体は汗とキンチョールの臭いに包まれ、呼吸をするのが苦しかった。

わたしは口を開けて上を向き、パクパク、パクパクと空気を食べた。いつまでも食べ続けた。

階段

＊

Y県のいなかにあるわたしの生家は、二階建ての古い田舎家であった。

その村の古い家はみな同じような造りをしていた。土間と、田の字型に区切られた座敷の間が四部屋あった。縁側もついていた。

生家は、建てられてからおよそ百年になる。父が生まれた年に、建てられたのだ。亡くなった父と家は、ほぼ同年齢である。

使われた木はすべて家の持ち山から切り出したものだという。

――肥松の太いのが、そのころは、ようけ山に生えちょってのう。

幼いころ、祖父から何度か聞いた。

むき出しになった梁の太さは、どれもみな、大の大人が両手をまわしても届かないものばかりであった。

――この家はのう、ここらへんじゃあ一番大きな家じゃった。家の屋根瓦を葺く時にゃあ、何人もの大工が、棟に至る梯子段の、その高さに尻込みし、腰を抜かし、しまいにゃあ、わしゃあ二度と上がりとうないというて、泣き出す者までおったんじゃ……。

というような話を、父が亡くなった時にわたしは、村の年寄り連中から繰り返し聞かされた。

そうだった。小学校の低学年のころ、わたしは生家がとてつもなく大きいと感じていた。大きいだけではない。どこもかしこも、薄暗くてこわかった。

すべりの悪い、出入口の重い引き戸を開けるとすぐに土間があった。

だが、土間は、天井が高くて広くて、好きだった。コンクリート張りの広い土間は（およそ八畳分はあった）、雨の日には、縄跳びをしたりでんぐり返しをしたり、大人用の自転車に乗る練習をすることだってできた。

土間は、その幅を一メートルぐらいに狭め、通路となって奥に続いていた。突き当たりの台所へと続いていた。

台所と土間の間には六畳ぐらいの板の間があった。昼間でも電燈を点けないと暗かった。土間とは厚い壁で仕切られていたからだ。

その壁の土間側に、二階へ上がる階段が、右肩上がりの様で取り付けられてあった。急勾配の狭い階段で、幅三十センチほどの側桁も踏み板も何もかもが、煤のような黒い色に塗られていた。

とんとんとんと、階段を上り切った最上段は、小机の面ほどの狭い場所であった。すぐ目の前には砂色をした壁がある。いやおうなしに右か左に向きを変えなければならない。右手にはドアがあった。そのドアの向こうには、三歳年上の姉とわたしの、二間続きの勉強部屋があった。ベニヤ板と襖で簡単に空間を仕切ったものだった。

小学低学年のころのわたしは常に、そのドアの反対側、つまり左の方を意識していた。左手後方を振り返らずにはいられなかった。最上段で立ち止まり、そのうす暗がりにじっと目を凝らす。

——あれが、昔の長持ちというものよ。

母が教えてくれた言葉を思い出す。どっしりとした黒塗りの大きな箱が暗がりの中にいくつか積み上げてある。蓑笠のようなものがだらりと柱に引っ掛けてある。大きな布きれですっぽり覆われた、何とも見分けのつかないものがごろりごろりと転がっている。

それらのさらにその奥には何があるのだろう。わたしにとってその場所はとても恐ろしい所であった。

二階の北半分は、板敷きの、仕切りのない一続きの部屋であった。三部屋分はあっただろうか。祖父の代まで、生家では米作りをしながら、その薄暗い、細長い部屋でカイコを飼っていたのだ。カイコの棚を下の居間に降ろすための、一、五メートル四方の四角い穴は、今もその薄暗がりの中のどこかにある。

階段の踏み板の、足先が踏み込むその部分には、真横に一本、滑り止めの溝が彫ってある。しかし、長い年月、数えきれないほどの人間の足で踏まれ続け、研磨され、その溝はつるつるになっている。

――滑って落ちると大変じゃ。階段を下りる時は、最後の一段まで気を抜かんように、気をつけんさい。両手も使ってゆっくりと下りんさい。

母から繰り返し注意された。なるほど、急なその階段は、四つん這いになって下りる方が安全なのだった。

階段を下り切った所も、二階と同じように狭くるしい空間だった。そこでもぞもぞと正面に向きを変えてから、重い舞良戸《まいらど》を開けて座敷に入った。

舞良戸は黒っぽいベンガラ色をしていた。それも、家の山から切り出したという杉の木で造られていた。細い桟が、小さな間隔を持って、縦に何本も嵌め込まれてあった。

舞良戸は仏間と次の間との仕切り戸にもなっていた。どちらも障子や襖と同じように、四枚立ちであった。


真夏になると、土間に近い舞良戸は、出入口に近い一枚だけを残し、他の三枚がはずされ、倉の中に仕舞い込まれた。舞良戸を取り外すのはいつも父の役目であった。重い板戸は、もちろん女の手には負えない。

仏間に続く座敷の舞良戸も縁側の障子も、すべてとりはずされる。ふだんは薄暗い座敷が、いっぺんに、ぱあっと明るくなった。

夏の初めの、さわやかな日だった。

小学生のわたしは、いつものように用心深く、階段を後ろ向きになって下りていた。

あと五段。

足が自然に残りの段数を覚えているのだ。

もう大丈夫――。その安堵感からふと後ろを振り向き、驚いた。次の間から仏間までが、一続きになって見通せた。

それは輝くばかりのカラシ色をした広い空間であった。開け放たれた縁側から、柔らかな光がさんさんと差し込んでいた。板敷きのはげかかった縁側まで金色に輝いていた。

あたり一面が、まるで金色の砂場のように見えた。

その砂場に飛び込んでみたい。そんな衝動がにわかに突き上げてきた。

この五段目から、バッタのようにぴょんと足を跳ね上げて飛び込むのだ。きっと遠くまで飛べるはずだ。

二、三メートル先の、砂場の、あのあたりだろうか。

胸がわくわくした。

ゆっくりと体を正面に向け、踏み板に爪先立ちになった。腰を少し落とし、「いちにーのさーん」と大きく声を出しながら、勢いよく上方に飛んだ。

ガッシン。

硬い奇妙な音と共に、頭の前部に強い衝撃があった。顎がガクンと大きな音を立てた。

目の前が真っ白になった。

一瞬、何が起こったのかわからなかった。

わたしは頭を抱えて座敷に倒れ込んでいた。いや、身をよじりながら苦しみ悶えていた。頭が破裂してしまいそうなぐらい、痛かった。

何が起こったのかはすぐわかった。飛び上がった瞬間、鴨居の角に頭を強く打ち付けてしまったのだ。金色の広い砂場に見とれるあまり、そこに鴨居があることに全く気が付かないでいた。

ズッキン、ズッキンと頭の奥で不気味な音がする。

（ああ、頭が割れてしまったのかもしれない）

（母に知れたら、どうしよう）

母が怒ると猛烈に恐ろしい。力の強い父だって、母の口から吐き出されるよどみのない言葉には全く敵わないのだ。

（もし、頭が割れてしまったら、わたしはバカになってしまうのだろうか）

（もう学校にも行けなくなる。ああ、どうしよう。ああ、どうしよう）

（いいや、もしかすると、このまま死んでしまうかもしれない）

（死んだら、わたしはどうなるのだろう）

座敷に伏したまま、わたしはいろんなことを考えていた。

家の中は静かだった。縁側の戸も出入口の戸も開けっ放しなのに、誰もいなかった。あまり仲がよくなかった姉は、もちろん、そこらへんにはいない。

本当に頭が割れているのかどうか……。前髪をかきわけ、強打した箇所に恐る恐る触ってみた。ぬめっとした感触が指先にあった。指の先には少し血が付いていた。その程度の血なら、たいした傷ではなさそうだ。頭は割れてはいないのだ。

だが、はっきりとそれとわかる大きなタンコブができていた。

ケガのことを、わたしは、父にも母にも告げなかった。何くわぬ顔をして夕飯を食べ、風呂にそうっと入った。しんどいからと嘘の言い分けをし、いつもより早い時間に布団に入った。寝ている間に死んでしまうかもしれないと思いながら。

前髪で隠しているけれど、わたしの額の左側には、あの時の傷跡がくっきりと残っている。深さ二ミリ、幅四センチほどの頭蓋骨陥没の傷が。

＊

父の一周忌のため、わたしは夫と二人の子供を伴って、生家に帰った。わたしは四十五歳だった。

五月三日のことであった。

その日も、父が亡くなった五月の末日と同じように、まるで真夏を思わせるような暑い日であった。

法要を終えた夜、わたしたち一家四人は、仏間に続く次の間に、布団を並べて寝た。夏ではないので、舞良戸も障子も外されてはいない。もっとも、その役目をしてくれていた父はもういないのだ。

母はいつも通り、仏間の右側の、奥の間のベッドに体を横たえていた。

父が亡くなってから、母は、ベッドの生活に切り替えた。起きるにしろ寝るにしろ、ベッドの方が、膝にも腰にも余計な負担がかからずにすむからだ。

母は意外にも、ダブルベッドを選んだ。なぜ？　と周りから問われると、母は、にやっと笑った。やっと自由になれたんじゃ。大手を広げ、誰にも遠慮せず、あんきこんきに寝ることができるようになれたんじゃ。ちょこっと、これぐらいの我儘をしてもええじゃろと、すました顔で答えた。

梅雨を思わせるような蒸し暑い夜であった。タイマーにしたエアコンのスイッチはとっくに切れていた。

法要の後から、ずっと酒を飲み続けていた夫がまっさきに眠りに落ちた。その夫のイビキがうるさいと、両耳を塞ぎながら、ばたりごろりと寝返りを打っていた高校生の息子武が二番目に。大学生になったばかりの由紀子も、気が付くといつの間にか眠っている。

わたし一人、なかなか眠りにつけないでいた。眠れるはずがない。わたしは日頃から常用している、眠るためには欠かすことのできない「薬」を持って来るのを忘れていたから。駅前の、M精神内科で「薬」をもらうようになったのは、父が亡くなる一年前からであった。

その一年前の七月、父は母と一緒に公証役場を訪ね、次女のわたしを、(いなか流に言えば、夫ではなくわたしになる)生家の跡継ぎにするという遺言状を作成していた。姉ではなく、次女のわたしを。

古いしきたりの残るいなかでは、次女が跡を継ぐことは「普通」とはいえない相続になる。そうしなければならなかったのは、他家に嫁いだ姉の一家に起こった、急を要する事情のためであった。

父は七十九歳になっていたが、まだ現役ばりばりであった。いや、執念であろう。母と一緒に、山の畑でみかんを作っていた。生家は父の代で、米作りからみかん栽培農家へと生計のための大変換をしていた。

姉の一家のある事情のためとはいえ、急きょ降りかかってきたその遺言状の存在が、わたしにはとても重荷であった。足枷をはめられたとさえ思った。「薬」がなくては、一日たりとも、通常の睡眠を取ることができなかった。

毎日、「薬」でだまし続けてきた体は、眠りに落ちるイメージをどんなに膨らませても、どんなに自己暗示をかけても、全くいうことを聞かない。

タイマーのスイッチが切れた音を聞いたせいか、部屋の中がどんどん蒸し暑くなっていくのがわかる。布団の中の手や足がじっとりと汗ばんでくる。

ばたり、と闇の中で音がした。

目を凝らす。

仏間に近い方に寝ている武が、くるりと寝返りを打ちながら、布団を勢いよく脇にはねのけていた。その隣の由紀子は、まるで何かにおびえたように、布団の中で小さく丸まっている。

夫は、土間との境の舞良戸の近くに寝ていた。彼の布団は酔っぱらった足で蹴られ、グダグダになって足元に押しやられている。

生家は古い家なので、床も壁も隙間だらけである。明け方近くには決まってぐんと冷え込むのだ。

起き上がり、せめて武の布団だけでもかけ直さなければ……。思えば思うほどに、なぜか急に、体が鉛のように重くなり、手足を自由に動かすこともできない。

（えっ？）

わたしは耳をそばだてた。

仏間の方からひたひたと人の歩く気配が伝わってくる。

母が起きてきたのだ、とわたしは思った。母は時折、わたしがどきっとするような予想外の行動を取る。わたしの考えを見事に言い当てたりする。用心深い母のことだ。わたしたちがちゃんと眠っているかどうかを、こっそりと確かめようとしているのだろう。

見付かったらまずい。わたしは闇に凝らしていた目を固く閉じた。

ふいに、仏間との仕切りの舞良戸が、音もなく五十センチほど開いた。

(えっ？　どうして？)

ありえないことが起こっている——

その舞良戸はとても重い。おまけに年々建て付けが悪くなっていて、開けるにはかなりの力がいった。必ず、ギシッ、ギシッと鈍い音がした。それが音もなく、すいと開いたのである。母はいつの間に、こんな技を身に付けたのだろう。わたしは薄く目を開け、気付かれぬように母の方を見た。

いや、そこに居るのは母ではなかった。

開かれた戸の間から、白っぽい姿をした父が、こちらを覗き込んでいた。

ふふ。

酒を飲む時と同じおちょぼ口をして、うれしそうに笑っている。

「やっぱりじゃのう。やっぱりわしがおらんといけんのじゃ。武や由紀子に布団をかけてやれるのは、このわしにしかできんことじゃ」

そう小さな声でつぶやくと、父は白い手をさっと長く伸ばし、(それは布のような薄い薄い手であった）めくれていた武の布団を、ひらりと持ち上げ、武の体の上にきれいにかけ直した。

「おうおう、由紀子ちゃんはええ子じゃ。ほんに行儀がええ。小さいころ、わしが特別にしつけをしてやっただけのことはある」

父は満足そうに頷き、重い舞良戸を、また音も立てずにすーいと閉めた。

白い父は舞良戸の向こうでつと立ち止まり、少し考え込んでいる。真剣な横顔だった。すぐにふわっと浮き上がり、空を泳ぐように縁側を歩く。白い障子の向こうを、透き通るような白いモノが、すすっと横切っていくのがはっきりと見えた。そして、縁側の突き当たりの土壁に吸い込まれた。土壁の向こうは玄関である。土間がある。

（ああ、そっち側に回るんだな）

わたしには父の考えていることがわかった。

夫の足元近くの舞良戸が、さきほどと同じ間隔を開けて、何の手ごたえもなくすーいと開く。わたしは今度も父に気付かれぬように、薄目を開けたまま、土間の方にゆっくりと顔を向けた。

父の白い姿の後ろに、黒い階段の側桁がおぼろに見えた。

「ふふ、こっちもじゃ。わしの思った通りじゃ」

満足げな笑みを浮かべ、何度もうなずいている。

父は、夫めがけて、ぱっと白い大きな布を広げた。次の瞬間、ぐだぐだによれていた布団が、きれいに、まっすぐに、夫の体の上にかかっていた。

舞良戸は、静かに閉まった。父はやはり足音を立てることなく、黒い階段を二階に上がって行った。

父は二階に上がったはずであった。が、すぐに奥の間の方から、ぼそぼそと低い、人の話し声が聞こえてきた。話し声はなかなか止まない。

ほとんど眠れぬうちに朝になった。

奥の間の母が起き出してきたのがわかる。母は片足を少し引きずりながら歩く。居間を通り、食堂と呼ばれている板の間でスリッパを履き、台所に行く。次の間と居間とは、ガラス戸の入った障子で仕切られているが、わたしには、母の様子が、まるで目を開けて見ているようによくわかった。わたしの目はおかしくなっているのではないだろうか。

明るくなった部屋の中をあらためて見渡した。武も夫も、まっすぐに布団をかぶって寝ている。父が白い手をいっぱいに伸ばしてかけたその通りに、少しの乱れもなくきちんとかかっていた。

頭の芯がジンジンと痛んだが、わたしは布団から起き上がった。よろよろと何度もふらついた。

台所に行く。母は「あっ」と口を開け、片手鍋を手に持ったまま、まん丸い目を作ってわたしをじっと見た。

なぜ？　なぜわたしをじっと見るのか。

「……ああ、ごめんね、わたしが考えもなしにガチャガチャと音を立てるから、あんたを起こしてしまったねえ。昨日は疲れたじゃろ。夜も遅かったけえ、もうちょっと寝ちょってもええのに……」

もごもごとした母の言葉は少し聞き取りにくかった。

「武君や由紀子ちゃんが泊まってくれたおかげで、わたしゃあ、夕べは久しぶりにぐっすりと眠れたよ。ほんと、ほっとしたんじゃね」

（本当に？）

母は時々じょうずに嘘をつく。笑いながら嘘をつく。まあいい。ここはひとつ騙されてやろうと、わたしは自分に言い聞かせる。

だがそうだとして、真夜中のあの低いひそひそ声はどう考えればいいのだろう。単なるわたしの気のせいだろうか。

「……わたし、夕べ、とうちゃんを、見たよ」

わたしは母の目をじっと見ながら、そう切り出してみた。

「えっ、やっぱり……出てきたかね」

母の顔から嘘の笑いが消えた。

「うん、仏間の舞良戸をすーいと開けて、ふふと笑ってから、武に布団をかけてくれた……」

「そりゃあオヤジさんじゃ。……やっぱりオヤジさんは、まだこの家におるんじゃ。そうじゃろうそうじゃろうて。そうじゃろうそうじゃろうて」

片手鍋を握った手をぶるぶると震わせながら、母は、興奮ぎみな大きな声で、同じ言葉を繰り返している。

「オヤジさんの咳払いや気配が……。そう、わたしがトイレに行こうとすると、誰かが後ろからつけてきてる感じがしてね、ぱっと振り返ると、あの人、オヤジさんがこそこそっと廊下の向こうに隠れたりする。でも、そこへ行っても誰もいない。……あの人は生きている時と同じように灰色の作業着を着て。……あの人の後ろ姿を、わたしゃこれまでに何度も見たことがある……」

母の目は、わたしを見ているようでわたしを見てはいない。

「何か、言いたいことでもあるんじゃない？」

わたしも母の目を見てはいないのだ。この家のどこかにいるだろう、昨夜見た白い父に語りかけている。

「わたし一人で、この大きな家に住んでいるのが、オヤジさんは心配でならんのじゃろう。まあ、やり残したこともあるじゃろうけど、……わたしが代わりにしちゃげるけえ、安心しんさい、と仏さんにご飯を供える時に言うてあげるとね、二、三日、姿が現れんようになるんじゃ。……そうそう、夜中にふっと目を覚ますとね、ベッドの端の所に、これぐらいの、赤い火のようなモノがいつもぼうっと見えるんよ……」

（夕べ、その赤いモノと話をしていたのでしょう）

わたしは心の中でそっとつぶやいた。昨晩わたしが見た父は、白くて薄かったが、母にはそれが赤い火のように見えるのだろう。その赤い火と、母は毎晩、会話を交わしている――。

それからおよそ三年間、父は生家のどこかにずっと隠れ住んでいたという。母がそういうのだから、本当のことだ。

ある日、母から電話があった。

「オヤジさんがとうとう家を出て行ったよ。はああの人は、この家にはおらんよ。やっとあきらめがついたんじゃろう。わたしももう赤い火を見ることはないし……」

父の中でひとつの区切りがついたのだ。わたしはそう思った。

母は父の死から十三年を、あの家で一人で暮らし、八十六歳で亡くなった。

「オヤジさんが、はあそこまで迎えにきちょるけえ、わたしもぼちぼち用意をしとこうと思うちょるんよ。……つまらん長い電話をしてごめんね。あんたもはよ、晩ご飯の用意をしんさい」

それが、わたしが母と交わした最後の言葉だった。

＊

母が亡くなった次の年。

夫の退職金のほとんどをつぎ込んでリフォームされた生家は、もうかつての薄暗い生家ではない。土間は広い玄関ホールになり、奥の間は、洗面所と広い風呂と最新式の便座を備えたトイレに変わった。

土間との仕切りの舞良戸は、残した。

舞良戸がなければ生家ではない。

階段は――。階段は玄関を上がってすぐの、右端の壁に沿って、上へと続いている。

その階段を上り切ると、二階の真ん中を東西に貫く廊下があり、その北側には薄暗い闇の空間が残っている。

夫が見向きもしないここにこそ、この家に育ったわたしにしかわからない、普通の人には見えない空間が存在している、とわたしは思うのだ。今も。

光る石

＊

冬の夕方、車を飛ばし、買い物から帰ってくると、夫はすでに帰宅していた。踵の少しくたびれた黒い革靴が、彼特有の歩幅を保ち、三和土に脱ぎ捨てられてあった。ドアを開けるなり、クツを脱ぐのももどかしく上がり段をかけ上がった夫の様子を、わたしは瞬時に頭に思い浮かべた。

(何を、そんなに、あわてふためかなければならなかったの……)

外向きに脱ぎ捨てられたその革靴をそろえながら、いつもより三十分も早い帰宅であることにも思いが至っていた。

(また何か、職場でイヤなことでもあったのだろうか)

夫が早帰りをした時は、決まってろくなことがなかった。

中学校に勤めていた夫は、昨年、定年退職をした。とはいっても年金生活まであと五年もある。もちろん、彼は再就職を希望した。夫は団塊世代のど真ん中に当たる人間の一人である。常々、自分の願い通りのところに再就職ができるかどうかは非常に難しい、ということを口にしていた。

幸いなことに、夫は願い通りのところに再就職をすることができた。かつて勤めたことのある職場から、「ぜひに……」と声をかけてくれた知人のおかげで、彼は今、神戸駅近くの「KEC」の委託職員として働いている。「KEC」は神戸市総合教育センターの略語である。

夫はその「KEC」の中の「学級経営室」に属し、不登校あるいは不適格と決め付けられた(?)教師を立ち直らせるための指導をしているらしい。

「KEC」の内規に従って、夫は電車通勤をしている。

仕事が終わると、彼はまっすぐ神戸駅に向かう。寄り道をし、どこかでちょっと飲んでくるということは、このごろはほとんどない。

神戸駅発、十七時四十分の下りの新快速電車に乗る。明石駅で降り、駅南にあるバスターミナルから、十七時五十七分の社《やしろ》行きの神姫バスに乗る。

バス停から家まではもちろん徒歩である。夫の足で三分ほど。

夫が家の玄関に辿り着くのは、十八時十五分か、あるいは十七分のどちらかである。

どちらかのその差は、バスを降りてから、グランドと広い公園のある一区画を、その日の気分によって、右回りに歩くか、あるいは左回りに歩くかの、その違いである。

そして夫は、若い時からずっとそうであったが、無言のまま家に入ってくる。夫の「ただいま」という言葉をわたしは聞いたことがない。だからわたしも「おかえりなさい」とは言わない。

そんなわたしたちの姿を見て育ったせいか、息子も「ただいま」という言葉は使わない。もっとも、彼は、「今帰ってきたぞー」と、英語的とも思える彼独自の表現をするのであるが――。

変則的な息子の言葉に対し、「おかえり」とわたしは素直にこたえる。

夫の場合、小さいころから長期において、そういう言葉を使う場面に出くわす機会がなかったのではないかとわたしは推測するのだ。

*

　五人兄弟の末っ子である彼が少年のころ、すでに五十歳を超える年齢になっていたおかん（と夫は常々呼んでいた）は、子育てに対する情熱や力が尽き果てていたのではなかろうかとわたしは考えるのだ。

「小学生のころ、学校から帰ると、いつも家の門が閉まっていた。呼んでも叫んでも、家には誰もおらんかった」

　三十数年も前に聞いた話の断片を、なぜか今も鮮明に覚えている。

「便所に行きとうてたまらんのに、いつも門のカギがかかっとるんや。ウンチをパンツの中にもらしたこともあった。あのころのおかんの仕事というたらな、近所の知人の家に上がり込み、何時間もしゃべり倒すことやったんや」

　夫の生家は、神戸市の中ほどの、海に近い下町にあった。平屋建ての、小さな古い家であった。が、その大きさには釣り合わぬ、重厚な造りの冠木門があった。家は白い土塀に囲まれていた。

夫はランドセルをしょったまま、その冠木門の前にしゃがみ込み、おしゃべりに夢中になっている母親の帰宅を待つのだ。

毎日、毎日。

そういうおかんがとてもイヤやった、とも夫は言った。

その話を聞いた時には、(かわいそうに。どうでもいい子やったんやな)となんともいい加減な判断をしていた。だが、このごろになって、わたしの胸の中にストンと落ちてくるものがあるのだ。


若い時分、夫は帰宅時にわたしが家に居ないと、機嫌をそこねた。ちょっと買い物が遅くなっても、文句を言われた。時には締め出されたりもした。

「いつ、どんな時でも、家に居て、オレを迎えろ。それが女の仕事や。ナニ? わたしも勤めを持っている? それがどうした。仕事は時間内に済むはずや。それができないのは、だらだらと、遊び半分に仕事をしているからや」

とかみつくように叱られた。

以来、わたしには、夫の帰宅するその瞬間がとても恐ろしいものになった。締め出されるのを恐れ、職場からタクシーに飛び乗って帰ったりした。多い時、月の半分はタクシーを使った。

夕暮れが近付くといつもびくびくし、時間を気にしていた。

三十半ばでわたしは、緊張の日々から逃れたい一心で仕事を辞めた。それでも、夫の帰宅する時間を恐ろしく思う気持ちは変わらなかった。用事で外出をしていても、買い物をしていても、その時間が近付くとそわそわと気持ちが上の空になり、もしや、夫が自分より先に帰っていないだろうかと思い、一刻も早く家に帰らなければ、帰らなければ……と焦るのであった。

夫が帰ってくる時間、わたしは玄関横の客人用の和室（いつのころからか、そこがわたしの自室となっていた）にいる。玄関に背を向け、パソコンを閉じて正座をしている。夫が三和土から上がり、和室の前を通りすぎる時、わたしは障子越しに「おかえり」とは言わない。こちらから声をかけるほどの勇気はない。

わたしは何十年経っても、その瞬間が恐ろしくてたまらない。ガタッと、いつもよりドアが大きな音を立てて閉められると、心臓がど、どっと大きな音を立てる。今、わたしの背後に何者かが立っている。そいつは鋭いキリをわたしの背中に思い切り突き刺す。そして、容赦なくそれをまっすぐ引き下ろす。

毎日のように、わたしの背中には深い引き傷ができているはずだ。

なぜその瞬間が恐ろしいのか。

わたしにもよくわからない。分析しようと試みたことはあるが、背後に感じる鋭い刃物の恐ろしさという症状以外、新しい見解は何ひとつ考え付かない。思い浮かぶのは、

「小学生のころ、家に帰るとカギがかかっていた。家には誰もいなかった」

という三十数年も前の夫の言葉である。

わたしはすぐに、自室から出て行かなければならない。夫が帰宅した途端に、わたしは夫の不機嫌な顔付きの具合を気にかけなければならない。

わたしは夫のいる居間を通り、台所に行き、夫の機嫌がさらに悪くならないうちに、何か食べるものを用意しなければならない。

先に作っておけばいいのだろうが、そうすると、恐ろしい時間が昼間全体に広がってしまうのだ。料理にかける時間は短い方が楽である。

何を作るかは、両手が勝手に覚えている。数えきれない複雑な行程を毎日繰り返し、時

には途中でかってにメニューが変わり、自分でも驚くほどの創造的な珍しい何品かを作り、夫に食べさせる。夫はもちろん、「何やこれは」と決まり事となっている言葉を発する。

夫はモノを食べる時、必ず眉間に皺を寄せる。どんな料理もまずそうに食べる。無言で食べる。

小さいころの息子はよくしゃべった。食べるのもしゃべるのも、どちらにも忙しかった。するると夫は眉間の皺をさらに増やし、

「うるさいっ。メシを食べる時は、黙って食べるんや。口の中の物を人に見せるんじゃない。お前は行儀が悪いぞ。おかんのしつけがなっとらんからや」

と言った。わたしはいつの間にか、夫の母と同じ呼び方をされていた。

ぐちゃぐちゃと言われて育った息子は、大学生になるとすぐに家を出て行った。当然の結果だとわたしは思った。逃げる場所があっていいなとも思った。息子は夫の行動や言葉を、すべて「反面教師」としてとらえていたのだ。

現在、息子はどうにかこうにか、ひとつの家庭を持っている。そして彼は今、

「僕は、お父さんをとても尊敬しています」

と、胸を張って公言する。

（いずれ、あの子も夫と同じような人間になるだろう）
わたしは密かに心の中で思っている。

夫の帰宅時間が決まっていると、わたしはそれなりに安心する。夫が帰ってくるまでに心の準備ができるからだ。

だが、帰宅の時間が大きく狂うことも、まれにはある。出張（と言ってもたいていは神戸市内であるが）の時がそうだ。

一か月前のできごとを思い出す。

夫は長い間、「カギを持たない主義」を通してきた。カギなんぞ、そんなちゃらこい物は男が持つものではない。女が常に携帯し、前もって開けておくものだというカビの生えたような古い考えを押し通してきた。

当然、その日もカギを持っていなかった。出張先からいつものように要領よく抜け出し、夫が家に帰ってきたのは、午後の三時ごろであったらしい。

彼が後に、わたしに当て付けたように語った話はこうである。

家に入ることができないので、彼はもう一度バスに乗って明石駅まで行き、ステーションデパートの中にある「道場《どうじょう》」という一杯飲み屋で、生ビールと冷やっこを注文し、ちびちびと口に運びながら時間をつぶす。それでも時間はまだたっぷり残っている。夫は生まれつきの長い顔をいつものように右に傾けて少し考える。少し離れた2号線沿いに、ジュンク堂があったことを思い付く。ゆっくりと歩いてジュンク堂に行き、店内をぐるりと回ったあと、ゴルフ雑誌を一冊買う。それでもまだ時間があったが、もう他に行くところはない。

夫は帰宅することを決意し、ジュンク堂の向かいにあるバス停から再びバスに乗る。

三つ目のバス停が近付いたころだ。

走行中のバスの窓から、右前方に「コメリ」というホームセンターの看板が見えた。夫ははっと何かを思い付き、急ぎバスを降りる。「コメリ」に行き、広い店内を歩き回る。ねじ回しのコーナーで立ち止まる。いろいろな種類のねじ回しがあった。それをひとつひとつ丹念に見て回った。

ねじ回しの類はもういくつも持っていたので、何も買わずにまたバスに乗り、家に帰ってきたという。

わたしは、夫が明石駅周辺を放浪している間に、すでに家に戻っていた。夫が帰宅する

定時はとうに過ぎ、

(今日は帰りが遅いな。どないしたんやろ)

と、いちおう心のどこかで心配しつつ、台所に立っていた。

「タヌキの下に、ガキが置いてなかったぞ」

ふいに背後で夫の太い声がした。

ぱっと振り返ると、夫がきつい目で居間の方からわたしを見ていた。

出かける際、カギは信楽焼の小さなタヌキの置物の下に置いておくというのが、この家に住む者の間にとりかわされている決まりであった。

ジュンク堂のロゴ入りの紺色の袋を、いつのころからか、夫専用の物置場となっているグランドピアノの上にドンと置くと、夫は大きな牛のような目でわたしを睨み付け、

「おい、オレが今言うたこと、聞こえんかったんか。タヌキの下に、カギがなかったぞと言うとるんや」

と前よりも大きな声で言った。

「あっ……」

わたしは、その日、大阪方面に行く用事があった。出掛ける寸前に、迷いに迷い抜いた

末、タヌキの下のカギを持って行ったことを思いだした。

カギを持って出たのには理由があった。数日前に自治会の集まりがあり、わたしの住む一丁目界隈で、最近、空き巣狙いが多発していることを聞いていたからだ。

「ごめん、今日は、カギを持って出たわ」

「なんでや。カギはタヌキの下に置いとくのが前からの決まりやろ。この寒い中、外で何時間もうろうろせなあかんかったんやぞ」

夫はわざと鼻をすすった。ほんとうに寒い日だったから、冷えたやろな、寒かったやろな、かわいそうにとわたしは思ったが、

「タヌキの下なんて、人にすぐ見付かるし、それに早く帰るなんて何も聞いてないし……。早く帰れるんやったら、あらかじめカレンダーに印をつけるとかしておいてよ」

とわたしにしては珍しいことではあったが、反撃に出た。空き巣狙いに気をつけるようにという、自治会長を通しての、警察からの厳重なお達しがわたしを後押ししていた。

「アホかお前は。早く帰れる日なんかあるか。今日はやな、仕事が予定よりもはよーに終わったんや。いつ、はよーに帰れるか、そんなこと、前もってわかるかい」

ホンマかいな、仕事は時間内にできるんと違いますか？　とわたしは何十年も前に聞い

た言葉を頭の中で反芻している。

「お前が家におらんせいで、ほんまにえらい目に会うた。やる気がいっぺんに失せてしもたわい。家でやらなならんことといっぱいあったのに……」

うらめしそうな声である。

「そうやってまた人のせいにする。……ええ、そうです、わたしが悪いのです。すみませんでした。……でも、空き巣狙いにやられるよりええと思うけど」

空き巣狙いと聞いて、夫は少し驚いたようだった。わたしはすかさず自治会の集まりで聞いてきたことを話した。

「そらあかんぞ、空き巣にやられたら、えらいことになる」

夫は簡単に納得した。盗られると困るようなモノがいくらかあるのだろう。

「これにこりて、自分でちゃんと家のカギを持つようにすればええんと違う？　何でカギを持たへんの？」

「カギなら持っとるで」

それを使いんかあー、とわたしは心の奥で叫ぶ。が、言葉にしてきつくそうは言えない。

「カギを持っているんなら、何もわたしに文句を言うことないやん」

「アホやなあ。もう忘れたんか。前にも説明したはずやぞ。カギは持っているけど、そのカギを使うことはでけへんのや。なんとなれば、車のカギと一緒に付けてあるからな。車に乗る時は使うけど、車に乗らへん時は、カギは家の中や。玄関の内側のカギ置き場の中や。えっ、家の中にあるものを、どないして取り出して使うんや」

こういうのを屁理屈というのだろう。

だがもういい。この先言い合いを続ければろくなことは待ってない。

「とにかく、車は車、家は家で、カギは別々にして持っといてよ。わたしなんかあてにせんといてね。自分のことは自分でする、そういうことにしてよ。わたしかて、この年になったらもう色んなこと忘れるし、しんどいし、一々、あんたの面倒なんかみとる暇は、ホンマにないんやからね」

夫は黙っていた。以前のようにうるさい！　と怒鳴ることもしない。

「家に帰ると、いつも誰もおらへんかった」

三十数年前の夫の言葉を、わたしはまた思い出していた。

＊

（何かあったのだろうか）

わたしは上がり段で靴を脱ぎながら考えていた。短い廊下を通って居間に行った。わたしの嫌いなエアコンがかかっていた。温風が髪の毛をぞわぞわとくすぐっていく。エアコンを消し、石油ストーブに火を点けた。

居間に夫の姿はなかった。

おやっ、台所にいる。

台所は居間の左側にあった。そこは両面戸棚とカーテンで仕切られている。少しだけ開いたカーテンの隙間から、白いYシャツ姿のままの夫の背中が見えた。流しに向かって一心に小さいものを洗っているような、あるいは屈み込んで、じっくりと何かを見詰めているような、そんな様子が背中の動きから窺えた。

（わっ、まさか……自分でコップを洗ってるん？）

夫が台所に入るのは、冷蔵庫の中のビールを取りに行く時だけである。わたしは少し温もってきたストーブの前に座り、夫が台所から出て来るのを待った。狭い台所で、「遅いぞ」と怒鳴られるのはごめんだ。

「おい」

カーテンの隙間から夫がわたしを呼んだ。わたしがするりと帰ってきて、居間に座りこんでいるのを、カーテンのわずかな揺れで察知しているのだ。小さな家だから、玄関から流れ込んだ冷たい空気は、一直線に台所に伝わる。わたしは体中を緊張させて、「オレより遅く帰るなんて……」と叱られるその場面を頭の中に思い浮かべていた。

「おい」

夫が少し声を強めてまたそう言った。わたしは「おい」ではないので、知らぬふりをしていた。

「おい、よし子」

夫の声は有無を言わせぬ強さがあった。

「ちょっと、こっち来てみい」

カーテンから顔だけをのぞかせて言う。妙に声がやさしい。珍しいことだが、夫の顔には笑顔が浮かんでいた。

ああ、きっと、わたしの不手際なモノを見つけ、おもしろがっているのだ。

「何やの、めんどくさ。……せっかく体が温もってきたとこやのに」

わたしは不安な気持ちを押さえ、わざとだらだらとした態度で台所に行った。

三本の蛍光灯に照らされた台所は、薄暗い居間とは別世界のように明るい。

「どや、きれいやろ」

夫はにやっと笑い、左手の小指をわたしの目の前に突き出した。その小指の第一関節のあたりに、キラキラ光る指輪がはまっていた。

「キンキラのガラスの指輪なんかはめて、まるでヤーサンみたいや」

わたしは思ったままを言葉にしていた。

「アホ言うな。これはほんものの、ダイヤモンドの指輪やぞ」

「ダイヤモンドの指輪？　……ああー、いつか道端で拾ったという、あの……」

夫は毎朝、仕事が始まる前に、「ＫＥＣ」の周辺のタバコの吸い殻やゴミを拾い集めることを自分に課しているらしい。

「長いこと、オレも道にタバコをポイ捨てしてきたからな。その、せめてもの罪滅ぼしやと思うてな。まあ今ふうに言えばボランティアや」

さも人のためになることをしているように言っていたが、わたしから見れば、それは単なるパフォーマンスとしか思えない。人の見ていない所で、夫がゴミを積極的に拾うかというと、そうではない。夫という人間は、自分の利益にならないことには、あまり興味を示さないのだ。それなのにボランティアとは、えらい変わりようである。

そうして毎日、もくもくとパフォーマンス、いや、ボランティアを続けていたある朝、道端でキラリと光る不審物を見つけたのである。

近付いて拾い上げてみると、それは指輪であった。

ガラス製の、安物の指輪やな。

夫はそう思った。が、よく見てみると、どうもその光り具合はガラスとは違うようである。全体がまばゆいばかりにキラキラと輝き、その輝きの中には何とも言えない不思議な色が見えている。掌の上で予想していた以上の重さがある。

夫は一応、それを警察に届け出た。三か月たっても持ち主が現れない場合、拾い主の物になる、という書類をもらっていた。

「そうや、あれからもう三か月が経ったんや。今日、仕事帰りに警察に寄ったんや。誰も名乗り出る人がおらんかったということで、つまり、拾い主のオレのもんになったんや。

どや、きれいやろ」

夫は指輪のはまったその指をさらにわたしの目に近付けてきた。

「わっ、いらんわ、わたし」

思わず大声を出していた。

「そんな、道で拾うたものなんか、しかも別の人が指にはめてたものなんか、いらん。それにもうわたし、昔のように、チャラチャラしたアクセサリーなんか、ちっとも興味ないねんからね」

ちっとも、という所をわざと強調して言った。

「そないにはっきりと、いらん、言われてもなあ……」

がっかりしたような声であった。

＊

夫は、ダイヤモンドについてはちょっとした目利きである。二十年ほど前、一家で移り住んでいたブラジル、マナウスの町でその腕を磨いたのである。

そのころ夫は、日本人学校の派遣教師であった。

当時、ブラジルの通貨はクルゼイロからクルザードに切り替えられた直後であり、一方、文部省から支払われる給料は、ニューヨーク銀行に振り込まれるドルであった。

だが、アマゾンのど真ん中にある田舎都市のマナウスにはニューヨーク銀行の支店はなかった。学校宛てに、航空便で届けられる給料は現物ではなく、「シェッキ」と呼ばれる小切手であった。毎月、ある程度のまとまった金額を、ブラジルの通貨、クルザードに換金しなければならなかった。

その換金を一手に引き受けてくれたのが、サンパウロから定期的にやってくる「宝石の運び人」であった。

夫は、先輩の派遣教師から紹介をしてもらっていた二人の宝石運び人と取り引きをしていた。もちろん、公には認められていないヤミの取り引きである。

トケジさんは沖縄出身の、「インペリアル宝石店」の専任運び人であり、ヤナギさんは静岡県出身の、「グレイシャル宝石店」の専任運び人であった。

二人のうち、わたしたちが懇意になったのは「インペリアル宝石店」のトケジさんであった。彼は寡黙で実直な人であった。彼はその人柄を好かれ、マナウスにたくさんのお得意さんを持っていた。それは主に進出企業の駐在員の奥さま方であった。

わたしたち一家の住むアパートに、トケジさんが訪ねてくる夜は、わたしも息子も心が躍った。

トケジさんは、いつも時間きっちりに玄関のチャイムを鳴らす。くたびれたシャツを着て、まるで近所の友人がふらりと訪ねてきたという感じである。強盗に目を付けられないように、普通人になりすましているのだ。

まず、サーラ（広い居間）のテーブルの上に、黒い頑丈なアタッシュケースをおもむろに広げる。黒いビロードの布が敷き詰められた箱の中に何列かの深い溝があり、そこに目を奪われるばかりの美しい宝石や指輪がびっしりと並んでいる。

そのかたわらで、トケジさんは夫と静かに換金の手続きを始める。

わたしと息子は、初めてみる本物のサファイアやエメラルドやルビーに、ただ、わーっと驚きの声を上げ、夢中になって見入っている。

やがて、深い緑色をしたエメラルドの中には、黒っぽい汚れのようなものがあることを知る。その汚れの色が濃ければ濃いほど、エメラルドの値段は高くなる。トケジさんは尋ねると率直に本当の価値や値段を教えてくれた。

それらはみな、とても高価なものであり、夫の給料では買うことなどできない。が、自由に手で触れることはできる。わたしも息子も、自分の気に入ったものを次々と指にはめてみる。トケジさんはそれをいつもうれしそうに笑ってみている。

トケジさんの持っている、一回り小さい、もう一つのアタッシュケースの中には、もっと高価な宝石が入っている。ダイヤモンドである。

「これはM夫人が今回注文された、特別のダイヤモンドです」

トケジさんはちょっと声をひそめて教えてくれる。M夫人の宝石好きは、マナウスの日本人の間では知らない人はいない。彼女の左手は、全部の指に高価な指輪がはめられている、なんて噂が伝わっている。

彼女の目は高い。横に並んだ別のダイヤモンドとは輝きが違う。

「ダイヤモンドにもいろいろありまして。クラリティー（透明度）、カラー、カットによってカラットが変わります。インクルージョンと言って、表面のキズの有無や大きさや性質も順位が厳密に決められています。カラーは無色のものからＤＥＦＧ……と続き、薄い黄色のＺまでこれも細かく順位があります。あとはカットの仕方ですね。実際にこうしていろいろとダイヤモンドを見比べてみれば、その差は一目瞭然でしょう」

確かにひとつひとつ、輝きや色が違う。M夫人のは、大きくて無色で、どこから見てもキラキラと輝いているのである。

こうしてトケジさんは、滞在する派遣教師とのクルザードのヤミ取り引きのために、何度もサンパウロから訪ねてきてくれた。おかげでわたしたちはそのたびに美しい宝石を見ることができた。

そして夫は時々、その中で一番安いイヤリングとか指輪をわたしに買ってくれた。それは世間体のためでもあった。マナウスに住む日本人の奥さま方は誰もみな、高価なエメラルドやルビーやダイヤモンドのイヤリングをつけていた。イヤリングを付けることは礼儀でもあった。それをつけていないと、

「なぜつけないの?」

とヘンな目で見られたからである。

「この指輪、どれくらいの値段やと思う?」

夫が気を取り直してわたしに聞いた。

「うーん、なんかその輝きからしてみると、まあ、せいぜい五万か六万かな」

「ぷっ」

思わず夫は吹き出した。

「えっ、ほんなら五千円ぐらい？」

「ぷぷっ。お前はほんまにアホか」

夫は両手で口元を押さえた。吹き出した拍子に口から勢いよく大量のツバを飛ばしたらしい。

「ほんまはなんぼよ、遊んどらんと早く教えてよ」

「あのな……、聞いて驚くなよ」

夫は口の周りに飛び散ったツバを、そばにあったティッシュペーパーで適当にぬぐった。

「警察からの帰り、ステーションの宝石屋に寄ったんや。これは一体どれくらいの値段のもんでしょうかって、それとなく店員に鑑定してもろたんや」

「ふーん、それで？」

「ぱっと見ただけで、店員の目が真剣になった。……それから、まあ安く見積もっても、この指輪、五十万は下りませんねと言われたんや」

「え――っ、そないに高いもんなの。ちょっと指にはめさして」

わたしは夫の手から指輪を奪い取った。くすり指にはめた。それは注文品のようにわたしの指にぴったり納まった。

指にはめたその瞬間に、二十年前の、ブラジルのトケジさんの宝石を思い出した。指に納まるその具合で、それがとても高価な指輪であることがわかった。

プラチナのリングだった。花がぱっと咲いたようなデザインである。真ん中に大きなダイヤが一つあり、その周りを八個の、少し小さいダイヤが取り巻いていた。真ん中のダイヤの直径は、裸眼で見ても五ミリはありそうだ。

いろんな角度から見ると、その花全体がキラキラと輝き、その輝きの合間に一瞬だが、赤や黄の色彩が浮かんだ。

「これ、欲しい。ちょうだいよ」

「……」

夫の返事はなかった。返事がないのは、もちろん否定を意味する。

彼は台所に行って冷蔵庫を開け、缶ビールを取り出した。

「残念やなあ。さっきはっきりと、そんなもんいらんと聞いたしな。まっ、ちょっと考えさせてもらおう。……そやそや、空き巣狙いにでもやられたら大変や。カギのかかる安全な場所で、オレが当分の間預かっておくことにする」

笑いの消えた厳しい顔に戻り、わたしの指から指輪を抜き取った。

「で、オクサマ、ちょっとは目の保養になりましたかな。ほな、バイバイ」

からかうように頭上で缶ビールを揺らし、夫は二階の自室へと消えていった。その後ろ姿を見ながら、わたしは今日もカギをタヌキの下に置かなかったことを思い出していた。

もし、夫が今日もカギを持っていなかったら……。背中をひやっとしたものが通った。

些末な記録

その年の三月三十一日をもって、夫は中学校の管理職を退職する。新卒以来、三十八年間の勤めとなる。

欠勤した日は数えるほどで、皆勤に等しい。

退職後はどうするのか？

さいわいなことに、夫は再就職を希望した。機嫌よく、あと四年ぐらいなら働けると言った。その言葉を聞き、わたしは内心ほっとした。夫に内緒で、何年か前からカルチャーセンターに通い、文章を書く勉強を続けていたから。作品は、夫の目の届かない昼間の時間か、時には真夜中に起き出して書いていた。

その材料は夫のことが多かった。夫という、わたし以上に変わった人間のありさまを、こっそり、こまごまと書き連ねていたのだ。まあ憂さ晴らしのようなものである。

わたしが昼間、そんなことをしていることを知られると、非常にまずいことになるから、

（あと四年は、安泰だな）

そう思い、一安心したのだ。

夫の再就職先は、一月の半ばごろにはすでに決まっていた。五十代初めに三年ほど勤めたことのある、総合教育センターである。そのころお世話になった先輩方がいて、一声かけてくれたのだという。夫が機嫌よく再就職を決めたわけがわかる。

ところが、夫の辞令は、五月一日付で下りることになっているらしい。本来ならば、退職の翌日の、四月一日付の辞令となるはずであるのに。

「なんで？　なんで他の人と同じように、四月一日付にならへんの？」

（夫が昼間、ずっと家にいるなんて……。予定していることができなくなる。自由に行動できなくなる）

「アホかお前は！」

「アホかお前は」は、話を始める前の夫の決まり文句である。この言葉を、わたしはもう三十五年間も聞き続けている。

夫は言った。

「お前は、先のことを、なーんも考えてない。そういう頭がないんや。考えてみい。オレが退職してからすぐにやらんならんこと、いっぱいあるやろ。一つ目は、いなかの家のリフォームの計画を進めていくことや。二つ目は、家庭裁判所に行って、苗字を変えることや。……そうはいっても、せっかくの長期の休みやから、この機会を利用して外国旅行もしたいしな。……長いこと、まじめに働いてきたんやから、ここらでちょっと息抜きでもせなな。アホらしいて、人間やっとられへんんで、ホンマ」

外国旅行に行きたい、それが夫の本音だなとわたしは思った。

夫は飛行機に乗る旅が好きである。行き先は中国以外ならどこでもいいと常々言っている。（なぜ中国がダメなのか、その理由を聞いたことはないが）とにかく夫は飛行機に乗って、ちょっとした移動をするのが好きである。

だが、移動先の国の食事にはすぐに飽きる。

「ラーメンが食べたい」

と必ず言う。

地図を片手に、わたしたちはいつも外国の街を徘徊する。ラーメン店を探し回る。その店を見つけ、それを食するのを、夫は何よりの旅の喜びと心得ている。ラーメン店がなければうどんの店でもいい。

「そや、退職記念に、済州島に行くんやったな。オレはあそこで、いっぺんカジノとやらをしてみたいんや」

それは一年ぐらい前からの二人の計画であったが、

「しんどいから、今回、わたしは降りるわ。あんた一人で行ってきたら？」

記念すべき最後の、ヒヨドリ台中学校の卒業式が無事に終わったあとで、わたしが計画をぶち壊しにしたのである。

「えっ、お前、済州島に行かへんのか。……。なんでや、なんで行かへんのや。そんなアホな。一人で行って、一体どないするんや……」

意外なことだが、夫は一瞬、うろたえた目をした。

夫と二人で、海外のうどんやラーメンを食べるために、わざわざ飛行機に乗って出掛けるなんて、とてもバカげているとわたしはこのごろ思っている。

加えて、夫との旅行はひとつも楽しくないのである。修学旅行の付き添い教師のように、一日中ぴったりと夫に張り付かれるからだ。

もちろん、列を乱したり、勝手な（自由な）行動は許されない。おみやげ店でも自由な買い物はできない。

「まーた、つまらんものを買いよる。一体、なんぼほどお金を使うたら気が済むんや」

とその都度文句を言われる。夫はケチである。

3ドルか5ドルそこそこの小さなおみやげ品を、わたしはいつ叱られるかとびくびくしながら、そそくさと買う。

夫は旅先での珍しいモノには興味がない。飛行機に乗るのが楽しいのだ。ラーメンを食べるのが楽しいのだ。ましてや、店の外で、わたしが買い物をするのをじっと待つなんて、ほんの五分でも夫には我慢できない。

「一人で行ってきたら」なんて、まあちょっときつく言い過ぎたかな。わたしは二、三日、そっと夫の様子を窺っていた。

数日後、何気なく、居間の電話機横のカレンダーをめくって見ると、いつの間に書き込んだのか『卒業旅行』の新しい文字があった。四月十九日（土）から二十一日（月）まで矢印が伸びていた。行き先は、書いてない。

（『卒業旅行』？　どこの誰と？）

済州島ではないな、と直感で思う。済州島に行きたいと言い出したのはわたしであったから。カジノは済州島でなくてもできる。

わたしに、「一人で行ってきたら」と言われて後、夫の心の中で急な展開が起こったのであろうが、そんな狼狽ぶりはちらとも見せなかった。なかなかの早業である。やるじゃない、とわたしはカレンダーに向かってつぶやく。

しばらくカレンダーには気が付かぬふりをしていた。

夫も何も言わない。

そして三月終わりのある晩。夕飯を食べながら、夫はさも重大なことを打ち明けるかのような難しい顔をして、再就職の前に、一か月も休みをもらった理由を教えてくれた。

「家庭内に、いろいろと、大変な問題を抱えているようだから、そのへんの事情を熟慮した上のことである。まずは、それらの問題がすべてすっきり解決されることを第一に願って。そして忌憚なく仕事に専念できるよう……」

上司から特別の計らいをもらったんやという。

(そや。いつもより長めにいなかに滞在し、生家の母のものを、この際全部片付けよう)

一瞬、わたしは心の中で別のことを考えていたが、

「ふーん。そんな深い、特別な計らいがあったというわけやね。なかなかできる上司なんやね。一部下の、些細な家の事情まで考えてくださるなんて」

わたしは大げさに驚いてみせた。

夫は難しい表情を崩さず、何度かうなずき、「特別な計らい」という言葉の響きをあらためてかみしめているようであった。

わたしは、辛抱強く、そのあとに続くであろう、『卒業旅行』の告白を待ったが、夫は、もうそれ以上、何も言わなかった。


かねてから、わたしたち夫婦には、夫の退職後に氏の改姓をするという、重い課題が課せられていた。

十四年前に亡くなった父が残した遺言状により、夫とわたしは、山口県にあるわたしの生家を継がなくてはならないのだ。

相談に乗ってもらった弁護士の助言に依ると、その遺言そのものを放棄することも可能であるらしい。だが、古い考えを守り続けている、老いた親戚の者たちや村の人々を前にして、一切を放棄するというその方法を執るなんてことは、わたしたちには絶対許されないのだ。

父の遺言状通り、江戸時代の終わりごろから二百二十年余り続いてきた「〇〇」の家名を継ぎ、田畑《でんぱた》を守り、家を存続させていかなければならない。そして先祖の祭祀をきちんと務めていかなければならない。

そのためにも氏改正が必要である。

なんとしてでも「○○」の氏に変更しなければならない。

わたしは、三月半ばから数日をかけ、氏改正に必要な遺言書のコピーをとり、夫の戸籍謄本（原戸籍）を取り、わたしの父の原戸籍（わたしとの親子関係の証明のため）を生家のある村の役場から送ってもらった。八百円の収入印紙を買い、郵送に必要な切手なども用意した。

それらを持って、夫と二人で、わたしの（現在の）住区の管轄である明石家庭裁判所を訪れた。

四月二日のことだった。

書類一式を提出したあと、窓口の職員から、「氏の変更許可申立書」と「申立の趣旨・申立の実情」の二枚の用紙をもらった。

それぞれの所定の欄に用件を書き込み、夫と連名で署名、捺印し、届け出た。職員は書類にざっと目を通し、抑揚のない声で、

「戦後家制度そのものが廃止されましたのでもしかすると祭祀を行うために家を継ぐという理由だけでは許可が下りない場合があるかもしれませんこの事件に関し審判官がどういう審判を下されるか今の時点ではわかりませんし従って今ここですぐに結論を申し上げることもできませんすでにさきほど申し上げたことですが家を継ぐという理由だけでは訴えが認められない場合もあるということを一応頭に入れて置いていただきたいのです」

と、極めて早口の長い言葉を述べた。

その長い言葉には読点も句点もなかった。一瞬、外国語を聞いているような感覚すら覚えた。

わたしはその内容がよく理解できなかった。夫もそのようであった。頭を右に左に、しきりに傾げている。そのわたしたちの困惑ぶりを、職員は、予想通りというふうに満足気な笑みを浮かべ、

「今日は、もうこれでお引き取りいただいて結構です。『申立《もうしたて》』そのものは、これで間違いなく受理されました。後日、『氏の変更申立事件についての審判』を行います。専門の審判官が担当いたします。それで、再度、家庭裁判所を訪れていただきたいのですが。……今から一番早い日ですと、そうですね、四月十八日の金曜日はいかがでしょうか」

今度は、話し言葉に近かった。

十八日は具合が悪い。四月十五日から十八日までの四日間、二人でいなかに帰る予定をしており、すでに新幹線の切符や、レンタカーの手配も済んでいる。

「もう少し後なら、いつになりますか……」

夫がぐっと身を乗り出して尋ねる。

「それでは、二十一日の月曜日はどうでしょうか」

（二十一日と言えば……）

頭の中でわたしはカレンダーの矢印を思い出していた。夫が『卒業旅行』と称する外国旅行に出かける予定の、最後の日だ。

「二十一日……、ああ、その日もダメです。ちょっとゴルフの仲間と一緒に海外旅行に出かけていますので。その日は、まだ台湾にいますので……」

（行き先は、台湾なのか。でも、台湾は中国なのではないのか）

なぜかすっきりしない思いが心に残る。

結局、審判が行われる「その日」は、夫が台湾旅行から帰ってきた翌日の、四月二十二日に決定した。

昼前に目が覚めた。

そろそろ夫が階下に下りてくる時間だ。睡眠剤に頼らなければ眠りにつけないわたしは、夫が一か月の休暇をもらっても、以前と同じように、昼ごろまで起きることができない。だが、夫が下りてくる気配は、おぼろな意識の中でもわかる。

(夫が下りてくる前に、起きなければ……)

夫は毎日、昼の十二時きっかりに二階から下りてくる。勤務していた学校の時間帯が今も体の中に残っているのだろう。

わたしは体をふらつかせながら、そろそろと台所に行き、ガス台に小鍋をかける。一人分の浄化した水を入れ、それが沸く間に、玉ねぎ、白菜、シイタケ、人参を刻む。野菜が少し煮えたところで、インスタントラーメンの麵を四分の三ほどいれる。(全部入れないところがコツである)麵をゆですぎないように気を付ける。ほどよいころを見計らって、粉末スープを溶いていく。

そこへ夫がやってくる。よい匂いがしてラーメンができつつあるので、機嫌がよい。数えきれない衝突を繰り返してきたおかげで、わたしは、夫のその日の不機嫌さを、一瞬で読み取ることができる。野菜たっぷりのラーメンを食べる速さで、それがわかる。

食べ終わると、夫はふうーっと、出っ張った腹の中から大きな息を吐く。その息の吐き方にもその日の満足、不満足が如実に現れている。こんなふうに、わたしにこっそりと観察されていることを、夫はまったく知らない。

わたしは毎日、昼食にラーメンを作った。時々、きつねうどんや肉うどんに変わることもあるが、やはり野菜入りラーメンが一番のお気に入りのようである。

そうして、ようやくいなかに帰る十五日がやってきた。ラーメン作りから解放されるのである。

生家の近くに、「サザンセト東和」という道の駅がある。そこの二階のレストランの、うどん定食の出汁の味を夫はうまいと言う。定食には夫の好きな稲荷ずしもついてくる。夫好みの甘い味付けがされている。

四月十五日。

新幹線の西明石駅から十一時過ぎのこだまに乗り、途中、二度乗り換えて新岩国駅で降りる。予定通り、午後一時に駅前の案内所でレンタカーを借りる。運転をするのは今回もわたしである。

夫は、新幹線に乗るやいなや、ロング缶のビールを飲んだ。飛行機や新幹線に乗ると、夫の飲食欲求はふだんよりも増す。西明石駅構内で買った、千五十円の幕の内弁当を五分でぺろりと平らげた。わたしはまだ頭と体が覚醒できておらず、梅干し入りのおにぎりを一個食べるのがやっとだった。

その弁当の空き箱と空き缶とわたしの食べ残しを、夫は、自ら進んでデッキのくず入れに捨てに行ってくれた。トイレに行くついでなのだが。

長年、修学旅行の責任者として付き添う中で、常に生徒に見られていることを意識しながら、仕方なくやっていたことが、こうしてきれいに身に付いているのであろう。

では、なぜ家ではきちんとゴミをくず入れに捨てることができないのか。なぜ、用を足した後のトイレや洗面所の電気が消せないのか。三十五年間、トイレの電気は付きっ放しである。

窓の外を見ながら、そんなどうでもいいことばかりを考えていた。

夫が体を斜めにしながらトイレから帰ってきた。頭が大きく長いせいか、長身の夫の体はいつもどちらかに傾いでいる。

座るなり、前の座席との間にせせこましく納まっている、真新しい「コロコロ」（キャリーバッグ）の、横ポケットやサイドポケットや背側のポケットのジッパーを開けたり閉めたりし始めた。

「コロコロ」は、今度の外国旅行のためにわざわざ新調したものだ。修学旅行にもちょっとした小旅行にも、いつもゴルフ用の革製のボストンバッグを持って出掛けていたのだが、今回はそれを外した。

かなり気合が入っているといえようか。

「これ、ホンマに便利にできとるで。外側のいろんな所にも、ポケットがいっぱい付いとるんや。どや、お前のはこんなん付いとらへんやろ」

ビールを飲み、ほろ酔い気分の夫は、出掛ける前の晩にわたしに自慢したことを、そっくりまた繰り返した。

わたしは窓の外に目をやったまま、

「そらそうですわ。わたしのはずいぶん前の古い型のもんやから、そんなもんは付いてませんわ」

と答えた。

夫の物は、いつだってわたしの物より優れていなければならない。

夫は何か探しものでもしているのか、またあちこちのジッパーを開けたり閉めたりしている。いや、パフォーマンスだ。わたしにもう一言、何か言ってもらいたいのだ。だが、わたしがさっぱり興味を示さないので、やがて開け閉めのパフォーマンスは終わった。

夫は、ジャケットの内ポケットから、持ち歩き用の眼鏡を取り出してかけ、「コロコロ」の背側のポケットから何かを引きずり出した。

少し厚みのある四角いものであった。

わたしはそれを横目で確認した。

真新しい電子手帳だった。昨夜、夕飯の後で、夫が黒縁の眼鏡ごしに説明書を見ながら、それと格闘しているのをわたしは見た。

その電子手帳は、わたしが十年ほど前に買った、シャープの小さな電子手帳より一回り大きかった。三倍ぐらいの厚さを持ち、レザーのカバーでくるまれた高価そうなものだった。あらゆる辞書の機能はもちろん、様々なゲーム機能も内蔵されている。外国旅行の際は、ネイティブの発音で、たちどころにその国の言葉を聞くこともできる優れものらしかった。

たぶん、台湾を旅行する間に、わからない中国語の意味を調べるために買ったのだろう。この『卒業旅行』にかける夫の、並ではない意気込みを、また一つわたしは悟った。それにしても、中国はキライではなかったのか。

新幹線はたびたびトンネルの中に入る。わたしは窓の外を見るのをあきらめた。首を正面に向ける。少し眠ろうと思い、座席を後ろにちょっとだけ倒した。

左目の視野にはっきりと、うつむき加減になって、何かに夢中になっている夫の横顔が入ってきた。

夫は、百均で買ったという、その外用の爺むさい老眼鏡をかけ、真剣に、電子手帳の画面にペンで何かを書き込んでいた。

ペンと電子手帳は細い線で結びついていた。ああ、あれだ。テレビのコマーシャルでたびたび目にする、最新式の電子手帳。

夫はケチなくせに、どんなものであれ、最新版が好きである。買わずにはいられない。そして、次の新しいバージョンが出てくると、すぐにそっちに心が移るのだ。

(この電子手帳は、さて、あと何日ぐらい、夫に使われるのだろう)

わたしにこっそりと観察されているのも知らずに、夫は電子手帳に眼を近付け、ペン先で画面を押すことに夢中になっている。

いなかに帰った次の日の十六日。

夫があらかじめ連絡をしてあった、地元の建設業者の「大海《おおうみ》建設」の社長が家に訪ねてきた。

生家のリフォームに関して、夫は一年前から熱心にいろんな業者に電話をかけ、資料を送ってもらったりしていた。

大手リフォームメーカーの一級建築士に、部屋数を減らす間取りのアイデアを考えてもらったこともある。

用心深い夫は、人に頼るだけでなく、自分で実際に設計までした。ネットで見つけた、「3Dマイホームデザイナ2006」というパソコンソフトをダウンロードし、自らのパソコン上で外観や内装を3D化させ、さまざまなシミュレーションまで行っていた。

そうやって仕事の合間にいろいろと研究をし、いろいろな条件を考え合わせた末に、ようやく、地元の小さな建設業者に頼むのが最良の（最安の）方法であるとの結論を出していた。

夫がここまで熱心に研究するのは、その資金がすべて、自分の退職金でまかなわれるからである。(夫がいくら退職金をもらったのか、わたしは未だに知らされていないのであるが……)

夫は、(何度も繰り返すが)、かなりなケチである。なるべくお金を使わないで、それなりのリフォームが行われることを第一の目標としている。

夫の本心はわかっている。本当はリフォームなどしたくないのである。退職金はビタ一文使わずに、そっくりそのまま持っていたいのだ。

だが、亡くなった父の遺言状を無視することはできない。その上、いずれ、いなか暮らしをする自分たちのことを考えても、今にも崩れそうな、築百年の古い家を放置することはできない。

台風のたびに、どこかが雨漏りする屋根。フレアースカートのように、たわんだ屋根裾の垂木。使い勝手の悪い、広い座敷。段差の多い床。冬になると、うなりを上げて風の吹きぬける隙間だらけの壁。カビの臭いに満ち満ちた家の中。歩くと、へこへことたわむ畳と床。広すぎて、寒い風呂。急すぎる、危険な階段。……

社長との話はとんとんと進み、二日目にはもう契約を交わした。

五月の連休が終わり次第工事が始まり、九月末の、母の三回忌の一週間前に完成することに決まった。

わたしは着いたその晩から、毎日、真夜中に近い時間まで、必死になって母の物の片付けをした。

片付けと言っても、段ボール箱に詰めたりするのではない。

「ハイキ」するものと「ソウデナイモノ」を選りわけるのである。ハイキする物は一か所に集めておいてください。こちらで責任を持って全部ハイキします、と社長が言ってくれたのだ。

近くに住む妹夫婦がきてくれ、夜遅くまで手伝ってくれた。彼らが帰った後も、わたしは一人で選別をする。眠るための薬を飲んでいるので、頭がぼーっとして体がふらつく。時計を見ると、もう明け方の四時になっている。あわてて追加の薬を飲み、布団に入ったりした。

丸一日の片付けで、すでにトラック一杯分の「ハイキ」の袋ができた。生ゴミ用のナイロン袋に、三十袋分である。燃えるものなので、直接、島の清掃センターまで運び込み、焼却してもらうことにする。

妹の夫が軽トラックを出してくれ、センターまで運転してくれた。トラック一杯分の処理代は千三百五十円であった。

あっという間に神戸に帰る十八日が来た。

十八日の午前中に、菩提寺である西方寺《さいほうじ》のご院家《いんげ》さまに来てもらい、仏壇の阿弥陀如来の「ご遷座《せんざ》」のお経を上げてもらった。

それが終わってから、お浄土を模したという金色のお宮殿《くうでん》や、上からぶら下がっている、じゃらじゃらとした金色の長い飾り物の類を、ていねいに新聞紙に包んで段ボール箱に納め、倉の二階に運び上げた。

仏壇があった場所に、古ぼけた四角い空間ができた。ぽかんと開けた口の中のようにも見えた。

神戸に帰る十八日の朝、夫は何をするにも心ここにあらずの様子で、ひどく機嫌が悪かった。

数日間使った台所の片付けや戸閉まりにもたもたしているわたしに、「遅れてまうぞ、遅れてまうぞ」と脅すように言う。

何に遅れるというのか、わたしには意味がわからない。

レンタカーを返す時間？　それなら充分にある。間に合わないのなら、何か手伝ってくれればいいのだ。だが、夫はわたしの背後に立ち、「遅れてまうぞ、遅れてまうぞ」と同じ言葉を繰り返すだけ。

パニックに陥りそうな頭を抱え、わたしは新岩国駅までレンタカーを運転し、案内所に車を返した。

午後二時に返す予定であったが、それより四十分も早く着いてしまった。だだっぴろい待合室で、駅弁を買って食べた。夫は五分もかからずに弁当を食べ尽くし、缶ビールを一本、一気に飲んだ。

わたしは夫のそのテンポにとてもついていけない。パック入りのサンドイッチを、半分以上食べ残した。ツナの匂いが鼻につく。クズ箱に捨てた。

夫はもう改札の方に向かっている。

「遅れてまうぞ、遅れてまうぞ」

夫の背中から念仏のような声が発せられている。明日からの台湾旅行のことで頭がいっぱいなのだろう。

こだまに乗り、次の広島駅でひかりレールスターに乗り換えると、深い疲れがどっと押し寄せてきた。

朝起きた時から、あれやこれやと急かされ、家の中を走り回って、雑用処理に追われる自分の姿がくっきりと目の前に浮かぶ。

それは今日だけではない。この三日間、起きている間ずっと、いっときの休む間もなく夫にこき使われた。自分の意志ではなく、夫に指図され。

「女というもんは、そういうもんよ。言われた通り、黙って働けばいいんよ。わたしは主人のお義母さんから、そう教えてもらったよ」

母の物を片付ける時、妹に小さな声でそう諭された。

妹は生まれついての素直な性格の持ち主である。わたしのようなひねくれ者とはだいぶ違う。

「お義兄さんにとっては、他人の物なんやからね、かあちゃんの物は全部。どうしたらええんか、わかるはずもないよ」

何も手伝わない夫の肩を持つ。

いずれいなかで暮らすということは、妹のような寛大な心と辛抱強さが必要だということなのだろう。そんな難しいことがわたしにできるだろうか。何年か先の自分の姿を想像し、かなり惨めな気分に陥る。

背中をまっすぐに保っているのがつらかった。

座席を倒し、体を後ろに深く沈めた。すっぽりと窪みにおさまる。まるでマルムシのように自分の体が丸まっていくようだ。マルムシは体を丸めて、固い皮で敵から身を守るのだ。あれはとても理にかなっている。

丸まった姿でこのまま少し眠りたい。だが、今ここで眠りに落ちたら、もう二度と人間に戻れないような気がする。マルムシになった自分は、座席の上を転がり回るだけだ。そこから立ち上がることはできない。

隣で夫は、二缶目のビールをうまそうに飲んでいる。明日からの台湾旅行のことでも考えているのか、口元が笑っている。

その何とも楽しそうな横顔を見ていると、この三日間、夫が何ひとつ、母の物の片付けを手伝ってくれなかったことを、まざまざと思い出した。

何ひとつ――

手伝ってくれたことと言えば、黄色い大きなナイロン袋（燃えるゴミ用）の口を、棒立ちのまま、まるで汚ない物でも触るように、指の先でつまんで広げてくれたこと、たったそれだけである。

押し入れや棚の上から物を取り出すために、せいいっぱいがんばったのは、妹とわたしである。背の高い夫が、助けてくれるなんてことは、一度もなかった。

二階の南側にある、三つの部屋をひとつに続けた、細長くて広い「母の城」。

生前の母が、得意の編み物や手芸をしていた「母の城」。

そこの、おびただしいモノを片付けたのも、妹とわたしだった。

夫は一階の居間に居て、母が使っていた安楽椅子に、まるでまだ学校長のようにいばって座り、のんきにテレビを見ていた。

時折、足りなくなったナイロン袋を取りに階下に下りると、

「もうこんな時間やで。いつまでゴソゴソしとるんや。いらんことはせんでええんや。業者に、まとめてハイキしてもろたらええんや。社長がそう言うたやろ。社長の言う通りにしといたらええんや。ホンマに頭の固いアホなヤツやなあ。なんでオレの言う通りにでけ

へんのや」

　不機嫌な声で叱られた。

　夫に何と言われようと、母の物については、わたしは一つ一つ自分の眼を通さなければ気が済まない。まとめてハイキなんてとんでもない。母がどんな気持ちでパッチワーク用の小さな三角形をいっぱい箱に集めていたのか、母がどんな気持ちで、わたしたちのためにセーターを編んでくれたのか……。

（あっ）

　わたしの頭の中で、どうにも納得できない、いびつなしこりのような考えがむくむくと膨らんでくる。抑えようにも抑えきれない、怒りのような声が聞こえてくる。

（あんたは今、なぜ、上りの新幹線に乗っているのか）

（なぜ、この男と一緒に、向こうに帰らなければならないのだ。この男は明日から台湾旅行に行くのだから、あんたの存在など必要ではないのに）

（なぜあんたは一人で生家に残らなかったのか。何日でも、気の済むまで、母の物の片付けをすべきだったのに）

（こうして今、無駄な時間を過ごしていると思いませんか。いつになったら気が付くので

すか）

頭の中は、わたしを非難する言葉であふれている。

ああ、その通りだ。全くうかつであった。とことん納得がいくまで、母の物を片付けるべきであった。

そしてこの先わたしは、何ひとつ心の通わぬこんな男と、男の退職金でリフォームされたあの家で、わたしか男のどちらかが死ぬまで、互いを見張りながら暮らさねばならないのだ。

背中がぞくりとした。

「そんなのイヤや」

わたしは小さくつぶやいた。

「そうだ、リフォームが済んだら、すっぱり死んでしまおう。後々のしんどさになんか、もうとても耐えられない。それしか手はない。それしか、ないな」

次々と湧き上がってくる感情に任せた言葉を、そのまま口に出していた。

「えっ、何やと？　何がそれしかない、んや。何で死ぬなんて考えとるんや」

夫が聞いているとは思わなかった。

「……この三日間で、あんたという人間の性格がようくわかったわ。ここまで冷たい人やとは思わんかった。芯まで冷たい人。この先の人生、もう真っ暗。何も、一筋の光も見えない……わたしにとって絶望しかない」

「えっ、そうかな？……おいおい、ちょっと待てよ。あまりにものの言い方がひどいんと違うか」

ビールで赤く染まった顔に苦笑いを浮かべ、言葉に詰まりながら夫が言った。いつもとは違うわたしの異様な言葉に衝撃を受けているのは明らかだ。

「こうして同じ空間に座っているだけで、それだけで、わたし、もう息が詰まりそう」

わたしはどんどんおかしな方向に傾いていく。

「今に、ほんとうに気が狂ってしまいそう」

わたしはさらにひどい言葉を加えた。

「それは、大変やな。えらいこっちゃ。……で、一つ質問やけど、オレのどんな所が冷たいんや。丁寧にちゃんと教えてくれたら、きっとオレには理解できると思うで。具体的に言うてみ。たとえばや、たとえばどんなことや。一つわかりやすい例を挙げて言うてみ……」

夫は薄ら笑いを浮かべていた。それほど本気で聞いていないことを、わたしの心ははっきりと見抜いている。

「例えば？　具体的に？　ですって。今さらアホらしうて、何も言う気にもなりませんわ。聞く耳も持たへんヤツに。そんなヤツに言う言葉は何もありません。言うだけソン、ということです」

「おい、ヤツ、やなんて、その表現、ちょっとひどいな。その言い方だけでも変えてくれへんか」

わたしの口調が変わったので、夫は内心少し狼狽している。夫のその妙にねじれたものの言い方がその証拠だ。

もうこれ以上言葉を交わしてもムダである。この先話を続けても、どこにも接点は見付からない。壁に突き当たるだけである。数えきれないほど繰り返してきた夫との衝突の、始まりはいつもこれと同じである。

わたしは窓の外に目をやった。広島の郊外あたりを走っていた。もうじき次々とつながるトンネル群に入る。

トンネルは嫌いだ。窓に自分の姿が映る。夫の長い顔も映る。密かにわたしを観察している夫の眼が、窓ガラスの中に映る。

ふいに夫が身を屈め、「コロコロ」の背ポケットから電子手帳を取り出した。

「ひとつ、わからん言葉があるんやけど、教えてくれへんか」

唐突に言う。慣れない手付で電子手帳のボタンを何回か押す。

「これ、やねんけどな……」

夫が示したのは、クロスワードパズルの画面であった。行きの新幹線で熱心にしていたのは、このクロスワードパズルなのかもしれないな、と思った。もうあらかた、マスは言葉で埋まっていたが、左端の縦の、五つの枡目が空白である。

「この⑮番の質問はこれや。……ええか、読むで」

夫は、あの安っぽい、爺むさい老眼鏡をかけ、その小さな文字を読んだ。質問の内容は、

〝今、若者に人気のある「コミ・ケ」の店で売っている物は何でしょう〟

というものだった。

「コミ・ケって何や。聞いたことのない言葉やろ。でも、お前ならそんな言葉ぐらい知っとるやろと思ってな」

わたしの機嫌を取ろうとしているのが透けて見える。

「コミ・ケ？　そんなん知らんわあ」

わたしはそっけなく言い返す。

「わからへんのは、もうここだけやねん。ここがわかったらこのパズル、完成やねん。あと一つやねん。三日間、ずっとわからへんねん」

夫が困っているのがおもしろかった。

わたしは目を細めて、その小さな質問の文字を見た。あえて眼鏡を取り出す必要もない。まだその程度の小さな文字は見えるのだ。

「コミ・ケ」の箇所が、わざわざカギカッコでくくってある。

「カギカッコでくくってあるからには、これ、もしかすると若者が使う固有名詞の一つかもしれんよ。……この電子手帳って、広辞苑も入ってる？」

「あったりまえや、入っとるに決まっとるやろ」

お前、アホか、と聞こえた。

「ほんなら、一度、この画面を閉じて、広辞苑を広げて、コミ・ケという言葉を調べてみたら。この電子手帳、六版の入ってる最新版やろ。そしたら、当然、若者言葉もいろいろと載っとるよ」

夫はめんどくさそうな顔をして、クロスワードパズルの画面を閉じ、もたつきながら広辞苑を開けた。文字を打ち込むのもたどたどしい。

わたしは夫の手から電子手帳をひったくった。パパッと文字を打ち込む。夫はわたしのその素早い手付に驚いている。

「こみ、コミ、こみあい、……コミ・ケ、ほらここにちゃんとあるじゃない」

夫は「あっ」と小さな声を上げた。

わたしの指が示したその部分を呆然と見ていた。そこには、

「コミックマーケットの略である」

と書いてあった。

数秒ほど、明るい景色が窓外にあったが、新幹線は再びトンネルに突っ込んでいった。長い長いトンネルである。

わたしは夫を、夫はわたしを、暗い窓に映るその横顔を、互いにこっそりと窺い合っている。


四月二十一日。

夫が台湾旅行から帰ってきた。

「ごっつええとこやったぞ。食べるもんもうまかったし、景色もええし。見るところがいっぱいあって……」

夫はめずらしいことだが、その国の美しさに興奮していた。すぐに「コロコロ」を開け、かなり大きめなみやげ袋をわたしに差し出した。

「お前には何がええんか、ようわからへんかったけど、まあ気に入るもんがあったら使いんかあ。いらん物があったら、返してくれたらええねん。職場に持っていくから、気にせんでええで」

とそっけなく言った。

みやげ袋の中には、三ドルか五ドルでは買えないような、携帯につけるストラップや珍しいペンダントや、かわいらしい小物入れがいくつも入っていた。わたしは袋ごと、自分の取り分としてもらった。


四月二十二日。

明石家庭裁判所に行った。二人の「申立」は即、却下された。

「現在の民法において、『家』の存続のための氏改姓は認められておりません。それが認められた事例は、これまで一件もありません。もちろん、『控訴』は何度していただいてもかまいません。しかし、何度『控訴』を繰り返していただいても、却下の審判が覆ることはないでしょう」

と言われた。

「まあ、予想通りや。仕方がない。こうなったら、あの最後の手段を使うだけや」

夫は落胆した様子も見せずそう言った。

最後の手段、それは……。

マリンちゃんのいたパチンコ店

一、二か月に一度、よし子はいくつかの用事をこなすため、いなかから大阪方面に向かう。数日間滞在する、N駅近くのビジネスホテルの近くに、大きなパチンコ店がある。そのパチンコ店の前を通り過ぎる時、よし子はいつも足を止める。店の中をそっと覗き込む。そこに、一年前に亡くなった夫の圭介がいるような気がするのだ。

圭介はパチンコが好きであった。パチンコ狂（今流に言えばパチンコ依存症）と言ってもおかしくなかった。

携帯電話がまだ普及していなかったころ。職場からの急な連絡を伝えるために、よし子はたびたびパチンコ屋に走り、圭介を捜した。それほどに、彼はパチンコ屋に入り浸っていた。

その圭介がある時を境に、ぴたりとパチンコをやめた。今から十五年ほど前のことだった。

目の前の、パチンコ店の看板メニューを眺めていると、圭介と遊びに行った、十五年ほど前のあの日のことが、するすると蘇ってくる。

＊

圭介は五十一歳になっていた。人並みに、彼はその年の四月、管理職のはしくれに就くことができていた。

(これでもうパチンコはやめるだろう)

よし子はそう信じていた。管理職という仕事は、仕事場だけにとどまらず、家に帰ってきてからも気を抜くことができない。責任という重い荷を背負っている。常に細かいところにまで気を配っていなければならない。

だが、よし子のその期待は見事に裏切られた。圭介は以前と同じように、週末になるとパチンコ店に通った。

「なんでパチンコをやめなあかんのや。ええか、パチンコというのはやな、簡単に気分転換の図れる最高の遊びなんや。オレのように、朝から晩まで、人間関係で神経をすり減らさんならん仕事に就いとるもんには、絶対に気分転換というものが不可欠や。忙しい時にこそ、遊びが必要や。遊びたい時には一心に遊ぶ。そこでぱっと気分を入れ替える、これが大事や。せやなかったら体がもたへん。やりたいことも我慢して仕事ばっかりしとったら、頭がすぐにぼけてしまう。ぼけてしもたら人間終いや。何のために生きとるんかわからへんやろ」

圭介は自信たっぷりに自説を唱える。

彼が今通い詰めているというパチンコ店「マルギン」は、家から車で十分もかからない玉町二丁目にあった。

数十年前までは、青々とした田園地帯であったその一帯だが、今は、小規模な工業団地やスーパーマーケットや、三角屋根の似たような造りを持つ小さな家がびっしり並び建つ、新しい町に生まれ変わっている。

パチンコ店「マルギン」は、その三角屋根の家々と広い幹線道路を隔て、斜め向かいに建っていた。

「一か月前に新規開店した店なんやけどな、外目にはパチンコ店とわからへんように造ってあるんや。住宅街の風俗を乱さんようにってためかな。パチンコ店も、最近はいろいろと大変なんや」

昨夜の圭介の言葉をよし子は思い出していた。

なるほど、デパートの配送センターと見間違えてしまいそうな、細長い箱型の造りである。外壁は、マリンブルーとライトブルーの二つの色でちょっとした抽象画のように塗り分けられ、パチンコ店特有の、赤や黄や青のけばけばした光の彩色はどこにもない。

駐車場は、箱型の建物のそのずっと奥にある。

こちらは二階建てで、トンネルの出入口を思わせるアーチ型の上部に、方向を示す大きな矢印が掲げてある。

日に焼けた大柄なガードマンが、両手に持った点滅ランプを頭の上の方で交差させて、「一時停止」の合図を示している。その手前で車が四、五台、足止めを食っていた。一階も二階も満杯である。

「だから、はよせえと言うたんや。お前がぐずぐずしとるからや。はよ来んと、ええ台を人にとられてしまうんや。開店したばかりの一番の稼ぎ時やから、店も客集めに必死になっとる。よう出るんやでここは、ホンマに」

五台目の車の後ろに付け、ガードマンの指示を待つ。

車の列はなかなか前に進まない。

圭介は、おあずけを食った苛立ちをまぎらわせるようにタバコを取り出し、また火を点けた。十分しか経っていないのに、もう三本目である。圭介の頭の中には、パチンコのことしかないのだとよし子は思った。


「最近のパチンコは、デジパチと言うんやけどな、……デジパチとは、デジタルパチンコの略語や。というてもお前にはようわからんやろうけど、要するに、デジタル抽選で、大当たりが出るしくみになっとる機械のことや。それだけやない。盤面の真ん中に液晶画面があって、そこにいろいろなものが登場してくるんや。それを目で追うだけでもおもしろいのに、スロットの奥深さとスピード感が加わり、そりゃあもう、昔のパチンコとは比べものにならへん。ホンマに、おもしろいんやぞ」

そう、昨晩のことである。夕飯には欠かせないビールを口に運びながら、圭介は顔をゆるりと和らげ、熱心に語ったのだ。食事時ですら、眉間に深い皺を寄せ、気難しい顔付きが常の圭介にしてはとてもめずらしいことであった。

（えらい機嫌がええなあ。どないなっとるんやろ……）

よし子は上目遣いにちらと向かいの圭介を見た。圭介は見たこともないやさしい目をしていた。大きな黒い目がキラキラと輝いていた。

「このごろのパチンコ店というのは、男ではなくて、女をターゲットにしとるんや。主婦やOLの客には、機械を裏で操作して、特別に玉が出やすいようにしてくれるんや」

圭介が何を言おうとしているのか、よし子にはなんとなくわかった。だが、何も気が付かないふりをして言った。

「そんなの、昔の、釘師というのがおって、釘の位置を変えるパチンコ屋ではあったかも知れへんけど、……今はコンピューターで管理してるんでしょ。そんなことできるわけないよ」

「そや、誰でもそう考えるやろ。ところが実際は違うんや。信じられへんことがホンマにあるんや」

圭介はビールをぐいと飲み干した。

「オレが行く土、日に、なんでかしらんが、同じ女の人が隣に座るんや。まあちょっと歳のいった不細工なオバちゃんやけどな。そのオバちゃんが、いっつもオレよりもようけ玉を出しよるんや。オレが大負けする時でも、オバちゃんは絶対に負けへん。パチンコ歴三十年のこのオレが、不細工なオバちゃんに負けるんやで。なっ、おかしいやろ。絶対になんかあるで。それでや……」

「それで、何?」

よし子はわざととぼけた声を出した。パチンコ屋は嫌いだ。あのやかましい音楽、タバコと鉄さびの混じったようないやな空気……。

「つまり、……そんなおもしろいデジパチというもんを、お前にもいっぺん経験させたろうかなと思うてな。というか、実は確かめてみたいんや。ほんまに女の人に特別サービスをしてるのかどうかと。素人のお前でも、玉が出るかどうかってことを……」

圭介の目が輝いている。

よし子は自分の心がちらっと動くのを感じた。

よし子は前々から、圭介はパチプロだと思っている。

たとえば土、日など、朝一番から夜十時の閉店時間まで、ひたすら十一ミリのパチンコ玉を打ち続けて、三回に二度の割合で数万円を稼ぐことができるのだ。時には十万円に近い稼ぎの時もあるらしい(本当のことかどうか、そこのところはわからない。圭介から聞いた話を信じてのことである)。最近ではパチンコで儲けたお金で「ゴルフ友の会」の年会費を払い、高価なゴルフセットを購入し、パターの練習機（細長い芝生状のシート）まで買っているのだ。

ある時は、よし子の誕生日に、

「これはけっこう高いもんなんやぞ」

と小さなルビーらしき宝石のついた指輪をくれた。が、圭介は嘘をつき通すことができないのだ。何かの折にうっかりと、あれはパチンコの景品の品であったとあっさり白状した。

なぜ圭介はパチンコに、いや、デジパチにそこまで惹かれるのだろうか。パチンコよりも数倍おもしろいというデジパチの正体とは何だろう。

よし子は、どちらかというと内にこもるタイプである。そこへもってきて、半年前に娘の歩《あゆみ》が結婚をし、家を出て行ってしまった。歩がその時々に、家の中にまき散らしてくれた、心動かされる新鮮な言葉や姿はもうない。それが原因というわけではないが、よし子はこのごろ、生きていくことがしんどいと思うことが多くなっていた。どんよりとした気分を払いのけることができない。このままだと、体中に毒が回り、近いうちに丸ごと腐ってしまうだろう。

今日のように、圭介と通じ合える話ができる日というのは、めったにない。彼はたいてい不機嫌な顔をしていて、よし子を睨みつけている。息詰まる時間をごまかすための、息継ぎがしたかった。

「うん、いいよ。わたし、そのデジパチとかいうパチンコをやってみたい。その実験に参加するよ」

よし子は無理に大きな声を出した。

「そうか。そうと決まったら明日にでも連れていったろ。オレが隣におって、やり方を一から教えてやる。デジパチとはこんなもんやってな」

圭介はうれしそうに笑った。笑うと、少し情けない顔になるのを、よし子は初めて見るような気がした。

ガードマンが点滅ランプを大きく前後に振っている。

「おっ、やっと空いたぞ」

圭介はウインドーを上げ、吸いかけのタバコをもみ消した。

入口に車を進めると、大柄なガードマンが、点滅ランプのついた棒の先で場内の地図を描くようにして、車を停める場所を教えてくれた。近くでよく見ると、そのガードマンは背が高く、褐色に日焼けした顔を持つ、女のガードマン（ガードレディー？）であった。

　空スペースは一階の奥まった角の隅にあった。そこに車を停めた。

　入口の自動ドアを入ると短い通路があり、そこを過ぎると落ち着いた雰囲気の小ホールが開ける。正面に受付カウンターがある。壁一面に、豪華な当たり景品を陳列したショーケースがずらっと並ぶ。紺色のベストスーツとチェック柄のブラウスを着た若いＯＬ風の女性が、にこやかに二人を出迎える。


　二十五年前のパチンコ屋には、こんなしゃれたホールなどなかった。あのころ、まだ一歳にもならない歩をおんぶして、圭介と一緒に、駅前の電飾がピカピカ光る小さなパチンコ屋に一度だけ行ったことがある。

　圭介は色黒のいかつい顔に黒のサングラスをかけ、ちびた雪駄で外股に歩き、くわえタバコのスタイルであった。どこから見ても、どこかの組の若いもんに見えた。客引きの若い店員が、頭をぺこぺこ下げながら「兄さん、どうぞ、こちらへ」とかしこまった声をかけてきた。圭介のあとから、赤ん坊をおんぶして、うつむきかげんに歩くよし子は、田舎から出てきたばかりの、圭介の情婦に見えたであろう。

入口の黒いガラス戸を入ると、狭い小屋の中で餌をついばむ鶏のように、行儀良くパチンコ台に向かっている男たちの姿が、わあっと目に飛び込んできた。

圭介の後につき、「マルギン」の店の中に入っていく。耳をつんざく大音響のミュージック。

二十五年前は、定番の「軍艦マーチ」がかかっていたと覚えているが、「マルギン」の店の音楽は全く違っていた。ラップとロックを混ぜ合わせたような、けたたましいミュージックを、ボリュームいっぱいに上げて、常時がなり立てるアナウンスをその上に載せている。

これは、ミュージックなどというなまやさしいものではない。人の聴覚の限界を破壊し、麻痺させ、ただひたすら、直径十一ミリの鉄の玉を、穴に向かって攻撃させようと仕向けているもの。ああ、これは戦争音楽だ。有無をいわせずに客をゲームに駆り立てる戦術のひとつだ。

それに加えて、ジャラジャラジャラジャラと、玉があちこちで一斉に鳴り響く奇妙な世界。それはトタン屋根に大粒の雹が激しく降り注いでいる音に似ている。

鉛のような金属の臭いときついタバコ臭が混じり合った、ほとんど異臭に近い臭いがじっとりと体に染み込んでくる。店内のエアコンのフィルターは、すでにタバコと金属臭で目詰まりを起こしているに違いない。冷気を吸い込むたびに、頭の芯がトゲに刺されたようにズキズキと痛む。

終日、パチンコ店に入り浸り、帰宅した圭介の体はいつもこれと同じ臭いを発散させていた。負けた時は特別きつかった。

「今日はゴルフの打ちっ放しに行っとったんや」

と圭介はすぐばれるウソをついていた。臭いが服を貫き、皮膚にまで染み込んでいるのを圭介は知らないのだ。

真ん中の通路を挟んで、左右にシマ（パチンコ台が横一列に並んだエリア）があった。右側のシマは「加トちゃんワールド」、左側は「シーストーリー（海物語）」である。圭介は迷うことなく「シーストーリー」のシマに進んだ。

台はほとんど満席であった。空席を探すため、背中合わせに台に向かっている人たちの間をすり抜けて、さらに奥へと進む。中ほどに、一台、空があった。そこに座れ、と圭介が目で合図をする。向かい側の台も空いているように見えたが、上皿の中にタバコのケースが置いてあった。タバコのヌシはトイレにでも行っているのか。使用中の台を無断で使うのは、パチンコの仁義に反することである。二十五年前に圭介が教えてくれたことだ。運よく、ふらりと、よし子の隣の若い男が立ち上がり、出て行った。圭介がすばやくそこに座る。

よし子は圭介と二十五年ぶりに並んで台に座った。

パチンコ玉は、台の左上に設置してある台間サンドで買う。千円札をいれると、デジタル画面に⑩の数値が現れる。スイッチを押すと、一回分として五百円分の玉が上皿に落ちてきた。パチンコ玉の相場は、現在一個四円。百円で二十五個だから、上皿に出てきた玉は全部で百二十五個になる。

台の中央に、縦十五センチ、横二十センチぐらいの液晶デジタル画面があり、白緑色の子連れのイルカがゆっくりと左から右に泳いでいる。海の底は深い青緑色で、赤や青の泡がぽわぽわと立ち上っている。作られた画面であるのに、次々と展開する、その不思議な海の底の景色に目が吸い込まれてしまう。

圭介は、よし子の台の右下にあるスタートレバーをゆっくりと右に回しながら、玉が打ち出される速度を微妙に調節している。

と、ポケットから百円玉を取り出し、それをハンドルとスタートレバーのわずかな隙間に押し込んだ。

「玉の出る勢いを、コントロールして固定したから、もう動かすなよ。あとはハンドルを軽く触るだけや」

圭介がよし子の耳元で叫んだ。耳はいくらか騒音に慣れてきている。

「盤の一番上にあるのが大釘。一番重要な釘や。ここに玉を載せるイメージを頭の中で描きつつ、狙い定めて打ち出すんや」

圭介の言う通りに、(載れっ)と念じながらハンドルを軽く触ると、玉が次々、天釘の周辺に飛び出して行った。

一分間に、平均百発、発射できるようになっているという。打ち出された玉は盤の釘のあちこちに当たって、気まぐれに転がり、やがて下の穴に回収されていく。ときたま運よく、命釘の下にある、チューリップ型のスタートチャッカーに吸い込まれたりする。すると静止していた画面が回り始める。

子連れのイルカは、青やピンクの色鮮やかなサメやエビの群れに変わり、それらがいっせいにすごいスピードで動き出す。盤の中の飾りランプが、フラッシュのように素早く、赤く点灯する。ゲートの奥から玉が数十個、転がり出た。これが払い戻しである。

払い戻しは数回繰り返されたが、それらはあっという間になくなり、五百円分の玉は全部打ち尽くされてしまった。

スイッチを押し、残り度数⑤の玉を上皿に追加する。だが、それもすぐに使い果たした。よし子はまた千円札を台間サンドに入れ玉を買った。そうやってたちまち五千円分が玉貸し機に吸い込まれてしまった。

二十五年前のあの時も、よし子は自分のわずかな持ち分を全部使い果たしていた。五分ともたないことはわかっているのに、圭介について、のこのことパチンコ屋にやって来たことを後悔していた。

その日は土曜日だった。二人は共稼ぎであった。

よし子は、仕事から帰ってきた遅い午後に、洗濯やら掃除やら、溜まりに溜まった一週間分の家事を精出してがんばった。ちょっと息抜きが欲しかった。珍しく、午後の早い時間に帰ってきた圭介と外食に出掛けることにした。外食から帰ってきたら、体を横にして少し休むつもりだった。

駅前の、二人の気に入りの店で、天ぷら定食を食べた。よし子は背中に歩をおんぶしていた。出かける前にミルクをたっぷり飲ませたので、歩はよく眠っていた。ひきかえに背中の重さがどんどん両肩に食い込んでくる。

帰りのバス停は目の前にあった。

「ちょっとだけ、パチンコ屋に寄っていかへんか」

と圭介が言った。落ち着かない目をしていた。

「……わたし、ヘタやから、一個ずつゆっくり打っとっても、すぐ玉がなくなるし……」

背中の歩が重いからと続けたかったのだが、その前に、

「大丈夫や、オレが隣でようけ出してやる。玉、こっそりわけてやるわ」

そう言うと、圭介の足は自然に、蛍光電飾が昼間のような明るさでピカピカ光っているなじみのパチンコ屋に向かっている。

入口を入ってすぐの台に座っている、常連らしい、目付きの悪い男にじろりと睨まれた。

圭介と並んで座った。背中の歩はぐっすりと眠っている。騒がしいパチンコの音にも目を覚まさない。食事中からずっとおんぶしたままだったので、両肩がもぎとられるように

痛かった。

　圭介の台は「出ている」らしかった。

「わたし、玉、もうなくなってしもた」

「えらい早いなあ。もう全部すってしもたんか。ほんまにパチンコのヘタなヤツやなあ。覚える気がないんや。やり方を教えてやっとるのに、なんで上手に打たれへんのや」

「上手にならんでええ。もう家に帰りたいわ。歩が重くて仕方がないんよ」

「あかんで、まだ帰られへんで。今から出るんや。さっき入口で見たやろ。オレをヤクザの若いもんと間違えとるんや。客引きの店員が店のもんに目配せしとった。つまり、これは特別に案内してもろたパンク台や。こんなええチャンスを逃すなんて、もったいない。……そや、パチンコ屋の隣に喫茶店があったやろ。そこで待っとけ」

「……終わったら、すぐに迎えに来てよ」

「わかっとるわい。とにかく、今が勝負時や。そやな、あと一時間ほどはかかるかな。ほなあとで」

　話している間も、サングラス越しに圭介の目はパチンコの盤に吸い付けられていた。

　よし子はパチンコ屋の隣の小さな喫茶店に入った。時計を見ると八時を少し回っている。

客はよし子一人であった。歩をおぶったまま椅子に座り、ホットケーキセットを頼んだ。お腹はすいてない。時間を稼ぐためだ。

歩は頭を右に直角に折り曲げ、ぐっすり眠っていた。重い頭の載った右肩がだんだんしびれてくる。だがここでは降ろすことさえできない。傾き続ける重さを、わずかに後ろにそっている椅子の背に預けるように押し付けた。

運ばれてきたホットケーキを、小さく切り分け、一切れずつゆっくりと食べた。紅茶もちびりちびりとすするように飲んだ。時間をかけて食べたつもりだが、そうでもなかった。時計の針は十分ほどしか進んでいない。

入口横の棚に雑誌が見えた。立ち上がってそこまで歩いていく気力もない。ただぼんやりと、煙のように時間が店の中を通過して行くのを見ていた。

九時まで、あと二十分……。

ウエイトレスが空いた皿とコップを片付けにきた。早く店を閉めたいのだろう。彼女は棚の雑誌を、わざと大きな音を立てて乱暴にそろえた。次に、砂糖壺やメニューの札などをせかせかと集めて回り、カウンターの上にまとめてドンと置いた。それからレジの前に立ち、売り上げ伝票を数え始める。時折、よし子の方をちらっと見ては、調理場にそれとなく目を移す。調理人に、ヘンな客がいると合図を送っているようにも見える。

ここにはもうおれない。店を出よう。圭介のいるパチンコ屋に戻ろう、と心を決めた瞬間、よし子はお金を全く持ち合わせていないことに気が付いた。そうだった。歩をおんぶするのが精いっぱいで、手提げかばんなど余分なものは家に置いてきたのだった。

(わたしは、無銭飲食者……)

急に足がガタガタと震え始めた。どうしよう。お金を持っていないのです、と切り出したあとの恐ろしい場面が頭の中をぐるぐる回った。きっと彼らは警察に通報するだろう。

ウエイトレスが少し険しい目になり、よし子に近付いてきた。

「お客さま、もう閉店の時間でございます」

言葉つきは丁寧だが、注文を取る時の声とは明らかに違う、不審者に向けた、押しのある太い声だった。

それから彼女は大股で入口の方に歩き、道路に面した窓のブラインドを力を込めてぞんざいに降ろし、次に、ドアの上部に取り付けてあるシャッターの取っ手を引いた。ガラガラガラとけたたましい音を響かせて、シャッターが徐々に降りてくる。

(ああ、閉じ込められる……)

よし子はふらふらと立ち上がった。

「あのー、わたしは、実は、そのう……」

「えっ、お客さま、どうかなさったのですか？」

彼女はシャッターを降ろすのを止め、よし子を見た。

よし子がこれから何を言おうとしているのか、彼女にはお見通しのはずなのに、丁寧な態度を決して崩そうとはしない。そして、その両の目はがっちりとよし子を捕え、恐ろしく冷たい視線を放っている。

わけを話して謝ろう。だが、どう説明する？　無銭飲食をするつもりなど初めからない。ただ、うっかり財布を忘れてきたということ、ただそれだけのこと。ちょっとしたミス。だがそれが真実だという証拠はどこにもない。むしろ、田舎から家出をしてきた、お金のない憐れな親子と考える方がよっぽど道理に合っている。

よし子は覚悟を決めた。堂々と無銭飲食者になるのだ。大きく息を吸い込んだ。言うべき言葉が喉元を駆け上がってくるその時だった。よし子は見た。床まで、あと一メートルほどを残して止まっているシャッターの下から、男の鋭い目が覗いているのを。

その目は、さっきパチンコ屋で見た目付きの悪い男にそっくりだった。

ああ、そういうことか。さきほどからウエイトレスが調理場に目で合図を送っていたのは、この男を呼ぶためだったのだ。男はパチンコ屋とこの店が共通で雇っている用心棒に違いない。知らせを受けて、よし子を警察に突き出すためにやってきたのだろう。

急に、火がついたように背中で歩が泣き始めた。歩も恐いのだ。こんなことになるのなら、あの時一人で家に帰ればよかったのだ。

その男は、慣れた様子で体を二つに折り曲げ、低いシャッターをくぐって店の中に入ってきた。

「やあー、すまんすまん。こないに遅うなってしもうて。あれから次々と玉が出てきてしもてな、なかなか止められへんかったんや」

誰の声なのか、よし子は一瞬判断ができなかった。

店に入ってきた男は、サングラスをはずした圭介であった。

「おい、ハンドルから手を離せ。リーチがかかっとるやないか」

圭介が大声を出しながら、よし子の腕をつついている。

液晶画面の下の、テープの形をした三つのランプが点滅を繰り返していた。

気持ちを駆り立てるテンポの速い音楽が鳴り響いていた。初めて聞く音楽であった。

青緑色の海の中。薄紅色のサンゴ礁をバックに、「9」の番号を付けた緑亀が二匹、画面の上下に縦に並んで静止している。二匹の間を、「1」から「10」までの番号をつけた別の緑亀が、ゆっくりと右から左へ、徐々に速度を落としながら泳いでいく。スローモーションのように、さらにゆっくりと、「6」「7」「8」の亀が近づいてくる。ポワポワポワと、水音を模した電子音がよし子の心をくすぐる。

電子音が急に止まった。

二匹の緑亀に吸い寄せられるように、すっと「9」の番号の亀が並ぶ。すると、盤全体がピカッピカッピカッと派手な点滅を繰り返した。そこに店内放送が加わり、興奮気味な声で意味不明な言葉をがなった。

「おっ、確変（確率変動）が掛かったぞ。やるじゃないか。これがかかると、このあと何回でも当たりが出るんや」

圭介がにやりと笑った。その圭介の上皿には、玉が数個しかなかった。

海の底がエメラルドグリーンに変わった。赤や青色の大きな泡が画面いっぱいに広がり、上の方から「マリンちゃん」という、こぼれそうに豊かな胸を持った海の妖精が降りてきて、「ゆっくり、遊んで行ってね」とよし子に語りかけ、媚びた笑顔を投げかけてくる。

「大当たりです。おめでとうございます」

紺の制服を着た若い女性店員が、知らぬ間によし子のそばに立っていた。深々とお辞儀をしながら、「大当たり」と書かれた一枚のカードをよし子に手渡してくれた。

圭介に促され、再びハンドルを握る。

上部にカウントが出た。十六ラウンドプラス十カウントまで玉が勝手に機械からあふれ出てくるらしい。上皿はたちまち、奥から押し出されてくる玉でいっぱいになった。圭介に教えられ、レバーを引くと、それらがジャランジャランジャランと派手な音を立てて下のドル箱に落ちる。

（ああ、店に入ってきた時の、トタン屋根に降る雹の音はこれだったのか）

また上皿がいっぱいになった。

レバーを引く。

ドル箱もいっぱいになる。

店員が素早く空のドル箱を差し出し、いっぱいになったのと交換してくれた。いっぱいになったドル箱はどこに行ったのか。振り返って後ろを見た。よし子の椅子のま後ろに、

「ブーンバ（Boomba!）」と真っ赤な文字で書かれた派手な標識を貼りつけられ、置いてあった。振り返るついでに、偶然目に入ったのだが、よし子の隣の若いＯＬ風の女性は、満杯のドル箱を、六箱も積み上げていた。

画面の右から王冠をかぶった真っ赤な潮まねきが出て来て、ハサミをふりふり、画面の左に横歩きで消えた。

「赤いカニが出てきたら、もうじき終わりや」

圭介の言う通り、マリンちゃんが胸元をわざとこちらに見せながら、

「またネ〜」

と名残惜しそうに、夕日の海のかなたに消えていった。

そのあともよし子は数回当たりを続け、ドル箱に五杯も玉を出した。圭介はさっぱりであった。一万五千円をつぎ込み、全部すった。つぎ込む資金が底をついたのか、よし子が稼いだドル箱を一箱横取りし、結局それも全部空にしてしまった。一箱には玉が二千個も入っていたというのに。

その日よし子は、二万六千円の現金を手にした。（だが、つぎ込んだ分のお金もそれぐらいではなかったか……）

帰りの車の中で、圭介はとても機嫌が悪かった。

「何がコンピューターのデジタル抽選や。何で初心者のお前がボロ勝ちするんや。なっ、女の人にしか出さへんということがこれで充分証明されたやろ。汚いやり方をする店や。もうマルギンへは二度と行かん。パチンコももうやめや。よう考えたら、お金と時間をムダにするだけや。あーあ、あほらし、あほらし」

と言った。

よし子の頭の中にはマリンちゃんがまだいて、

「ゆっくり遊んで行ってね」

とやさしくささやいてくれていた。

あと一週間

暮れも押し詰まった十二月三十日の夕方、わたしは伊川谷にあるコープデイズに向かって車を走らせていました。助手席には夫が乗っていました。前日の夕飯の時に、珍しくわたしたち二人は会話を交わしていたのです。夫が、

「カラーシャツが、欲しい」

と言ったのです。

「カラーシャツ？」

わけを聞いてみると、職場で、（白い）Yシャツを着ている人は自分以外誰もいない、みんなは、黒ずんだ灰色とか薄い空色といった色物のシャツを着ているというのです。「みんなは」と、彼はその言葉に力を込めて言いました。子供が言い分けをする時によく使う「みんなは」という言葉です。安易に他人の言葉に同調することを嫌う夫にはそぐわないなと思いましたが、黙って聞いていました。

思い出しました。夫は、退職まで勤めた中学校では、（白い）Yシャツに特別な拘わりを持っていました。

「Yシャツというもんは、白に決まっとる。色付きのものなんか、絶対買うなよ。それは、仕事もできん若いもんが、うれしげに着るもんや」

と頭から決めつけていました。

どういう心境の変化なのでしょうか。


十二月現在、夫はまだ働いています。市の教育委員会に依託職員として勤めております。仲間うちでは、「センター」と略語で呼ばれている総合教育センターの五階の隅の、学級経営相談室という小さな部屋で。室長以下六人の、いずれも六十歳を超えた職員が、問題を抱え、悩んでいる教師の更生？　いや、指導にあたっていると聞きました。

まだ、と書いたのには理由があります。今年の春、彼は中咽頭ガンの治療のため、四月から三か月間、療養休暇を取り、職場を離れておりました。職場に復帰したのは、退院してからわずか二日後の、七月初めの日でした。

まだとても、普通に生活のできる状態ではありませんでしたが、彼は律義にその朝、ふらふらする足取りで、いつもの時間に家を出ていきました。

「しんどうてがまんできんかったら、無理言うて、早目に帰ってくる」

と言いました。

彼は昼前に帰ってきました。

「部屋のみんなが、大丈夫か、と気ぃ遣うてくれて、今日は、はよ帰りと言うてくれて……」

しんどそうな顔でそれだけ言いました。わたしは急いでお粥を作りました。まだ流動食でないと喉が受け付けてくれないのです。

次の日も、夫は昼前に帰ってきました。

「七月いっぱいは、午前中の勤務にしてもらおう、と所長から言われた。無理せんでええで、と部屋のみんなにも言われた。アンドウさんの前例もあるしな……」

アンドウさんは部屋の同僚です。夫と同い歳です。六十一歳です。二月に肺ガンが見つかり、手術を受けるために春先から入院していた職員です。術後の経過はよく、一か月で職場に復帰してきました。定期的に、放射線の治療は続けているらしいのですが、それなりの仕事をこなし、徐々に元のペースを取り戻しているらしいのです。

「アンドウさんが、オダさんも、今はみんなの言われる通りに甘えとったらええんですと言うんや。六十を過ぎたら、誰だってどこやかしこが悪くなる。そうなった時は、みんなで助け合ったらええ。病気の時はお互い様ですや、って。元気にしとるもんが、カバーしてあげたらそれでええんや、と。……アンドウさんの言うこと聞いとって、オレ、思わず涙が出そうになった」

弱々しい声の彼を、今まで見たことがありません。

午前中だけの勤務でも彼には相当こたえているのがわかりました。二十キロ余り痩せたせいで、長い顔がさらに細くなり、時々、スーパーの棚に転がっている青ウリのように見えたりします。歯を食いしばると、今度は痩せたロバのように見えます。大きな眼ばかり、ギョロリギョロリと動きます。

息を詰めるような七月は終わり、八月がやってきました。暑さも身にこたえます。元気だったころ、ゴルフに出かける時に使っていた、よれよれのロールハットを目深に被り、電車に乗ります。今までの夫なら、そんな薄汚れたハットで電車に乗り、街中を歩くなんてできなかったことです。帽子を被るのは、ひとつは顔を隠すためでもありました。

センターまで、カンカン照りの大通りを歩かなければならないのです。誰に会うかわかりません。

八月一日。夕方。

夫は、元気だったころと同じ時間に帰ってきました。青白い顔をして、幽霊のように、風も起こさずに、すーっと家の中に入ってきました。居間に至る短い廊下を歩く、その足音さえ聞こえません。「ただいま」とも言わないので、台所にいるわたしは、知らない人が無言で押し入ってきたかと思い、どきっとしました。それほど、夫の気配は変わってしまっていました。

居間のソファーの上に、よれよれに型崩れしたロールハットを置き、ふーっと大きな溜息を洩らします。

「今日も、ごっつ暑かったな」

誰に言うともなくつぶやき、痩せてダブダブになったYシャツを脱ぎ棄てると、すぐに二階の自室に上がっていきます。少しの間でも横になりたいのでしょう。

夕飯のため階下に下りてくる時も、以前のようなドスドスという足音は聞こえません。椅子に座るしぐさもゆっくりです。

離乳食のように、柔らかく煮た野菜と豆腐と魚のおかずを、おそるおそる口に運び、用心深く飲み込みます。飲み込みにくいものは、味噌汁と一緒に流し込みます。味噌汁の具はとろとろに煮込んだ玉ねぎだけです。口の中でとろけるようなものでないもの、たとえば、薄揚げなどはいけません。喉に引っ掛かり、むせます。

定番になっているお粥を半分ほどすすると、もう「いらない」と言います。

こういう時のためにも、「胃瘻《いろう》」の手術の必要性を、入院時に医師から説明を受けていましたのに、彼は頑固に拒否し続けてきたのです。

放射線と抗がん剤の治療を受けるには、「胃瘻」を作ることが不可欠でした。しかし、何度、その重要性を聞いても、彼は医師の言葉に従いませんでした。放射線の後遺症が残るのは明らかで、唾液が減り、その上、食べ物を飲み込む際に働く喉の弁がうまく作動しにくくなることも伝えられていました。

口からものを食べられない代わりに、管から胃に栄養を送り込むのは一般的な医療方法です。医師は困り果て、顔に苦笑いを浮かべました。

「どういうわけで、オダさんが、そこまで強固に反対をされるのか、僕には理解し難いことなのですが、……非常にお訊ねしにくいことですが、もし失礼な質問でしたら申し訳無いのですが、それには、何か、宗教的な理由でも、おありですか？」

と訊ねました。

「いえ、そういうこととは全く無関係です」

夫は平然と答えます。

「そういう宗教的な理由など、一切ありません。僕は、ただ、そういう措置をしていただきたくない、そういう処置をほどこしてもらわなくていいと言いたいだけなのです。理由はそれだけです」

夫は意地になって反対を通すようでした。

わたしにはわかっていました。彼は、麻酔をかけられ、内視鏡を使って胃の一部に小さな穴を開け、外部に通じる管を通す、その手術が恐いのです。あるいは、そういう装置を付けられて、ますます重病人のように扱われるのが、我慢できないのです。

そうやって毎日、ほんの少ししか食べないので、当然、体は持ちません。最寄りの駅を降りて、センターまで十五分歩く、それだけでへたってしまいます。仕事どころではありません。

会議のため、一時間か二時間、体を起こして座っていることも苦痛のようでした。仕事が終わり、また、大通りを十五分も歩かなければならないことを考えると、目眩すら覚えます。

「もうアカン。体が持たへん。仕事を続けるのは無理や」

　血の気の失せた暗い顔でした。夫は居間のソファーに座り込み、ひざに乗せた掌で突っ張るようにして上体を支えていました。

「無理なんかせんといてね。辞めたいと思ったら辞めたらええんやから。充分長いこと、働いてきたんやから。わたしなんかに意見を聞かなくていいのよ。自分で決めてちょうだい。そうよ、明日、もう辞めさせてもらいますって所長に言いに行ったらいいんじゃない」

　この猛暑の中、わたしだって、買い物のために外に出ていくのには相当な覚悟がいります。

　すると夫は、

「いや、待て。……あと一週間だけ、がんばってみる。辞めるのは簡単なことや。いつでも言える。とにかく、あと一週間だけ……」

「それやったら、お粥だけでも全部食べなあかんわ。それに、わたしも同じ流動食を食べてるのよ。わかる？　本当は普通のもんを食べたいけど、悪いなと思うて。お粥にあきるのはわかるけど……」

　急にやさしい言葉が口から出ます。内心はそうでもないのに、わたしは軽々と、夫を励ます言葉を口にします。本当は、もういいかげんにしてよ。だから言ったでしょう。あの時、「胃瘻」を作っておけばよかったのよ。チューブで簡単に、胃の中に栄養満点のものを注入することができる。あんたも苦しまなくてもいいし、わたしだって、毎日、気を遣った料理を用意しなくていい。わたしまで流動食に巻き込むことはないでしょう、と言いたいのです。

　このごろのわたしは、自分の本当の気持ちがわからないことが多いのです。本音を言えば、わたしは夫が食べられなくて苦しんでいるのを、心の中で（今までずいぶんとわたしをいじめてきたから、ほらごらん、バチが当たったでしょう）と思い、密かに楽しんでいたのです。でも、そういうことは一切顔には出しません。長い間、夫という変わった人間と生活をしてきた結果、身に付けざるを得なかった技です。

　変わった人間？　その言葉はわたしにこそ当てはまることなのかもしれません。夫から見れば、わたしは、とうに通常でない女。すでにどこかがおかしくなっていて、もう放っておくしかない、見てみぬふりをするしかない女に違いありません。夫がそうやって諦めてくれるならば、わたしの方はいよいよ都合がいいのです。

夫がS大学病院に入院している間も、わたしたちはお互い、おかしなことばかり言い合っていました。

わたしは見舞いに行くたびに、夫に何を話していいのか悩みます。思い付きで、前の晩に見た意味不明の夢の話をしました。わたしはほとんど毎晩、夢を見るのです。夫はそれには答えず、「病院のメシがまずい」と毎度同じ不平を口にします。

「あんなもん、およそ、人間の食べるもんじゃないぞ。どんなヤツらが作っているのか、そいつらの顔が見て見たいもんや」

とひどいことを言いました。そんなたぐいの言葉には慣れています。黙って聞き流せばいいのです。

それでわたしたちの会話は終わりです。

夫は毎朝、九階の病棟から、新聞を買うために一階にある売店まで下りていました。

もちろん、エレベーターを使って、です。

「少しずつでも歩いておかんと、仕事に復帰した時に困る」

と言いました。その際、一緒にヨーグルトを買うことだってできるのに、新聞だけを買って部屋に戻るのです。わたしが見舞いに行った時に、ヨーグルトを売店まで買いに行かせるためです。病室の冷蔵庫の中はヨーグルトだらけです。それでも、彼は、

「ヨーグルトと、それから野菜ジュースを買って来い」

とわたしに命じます。部屋に入るや否や、そう命じるのです。なぜ、朝、新聞と一緒にヨーグルトと野菜ジュースを買わないのでしょう。

そうです。見舞いに行っても、わたしがしなければならないことは何ひとつないのです。夫は朝九時ごろから夜の九時ごろまで、次から次へと点滴を受けております。その間、トイレに行くために一時、点滴の器具を機械からはずすのも、放出した尿の量を測り、体重を計るのも、すべて機械に管理されており、それを自分で操るのが、点滴を受ける夫の、看護師から教えられ任せられた大事な仕事なのです。

事実、点滴を自分で止めたりする時の、夫の生き生きとした眼を、わたしは何度も見ています。

彼はわたしがいる間、たびたびトイレに入ります。その都度、さっそうと機械を操る自分を見せるためでしょう。

わたしは毎日、暇そうに窓辺の固いソファーに座り、上体を極限までひねって窓の外を

見ます。百八十度以上も見渡せる、巨大なベルトのような神戸の街の眺めに、毎回圧倒され、最後に、ベルトの中心となる赤いポートタワーを見つけ出し、密かに満足しているのです。

もちろん、洗濯物を持って帰ったり、食べられそうな果物を持って来たり、夫が毎日つけている闘病日記に目を通し、気付いたことを書き込んだり、といったことはきちんと責任を果たしていたつもりです。

なぜ毎回、ヨーグルトを買いに行かなければならなかったのか、それが夫のわたしに対するやさしい心遣いだとはどうしても思えません。

あと一週間と決めた、八月初めの週が終わりました。いつもの時間に、夫は気配も立てずに、ひょろりと居間に入ってきました。

「辞めるって、言ってきた？」

「えっ？　……まだや」

「なんで？　もう無理なんでしょ」

「いや、……今日、部屋で、みんなの姿をじっと見とったら、そんなこと言われへんかった。みんなは、オレが病気の時、文句ひとつ言わんと、オレの代わりに仕事をしてくれたんや。けども、それに対して、オレは何ひとつ、まだ恩返しが出来とらへん。迷惑をかけっぱなしで辞めるのは、オレの生き方に反すると思うてな……」

まあまあ、そんなに大層に言わいでも……、とわたしは思いました。ずっと前は、自らを浪花節的人間と称し、義理と人情を忘れたら人間しまいやで、が口癖でした。今、それに恩返しと迷惑というかっこいい言葉がプラスされたのです。

意地悪にも、わたしは天井を向き、カカカと笑いたい気分でした。でも夫はとても真剣な眼をしていました。

「わたしには、わからへんのやからね、あんたの体のこと」

わたしはぐっと奥歯をかみしめ、笑いをこらえました。

「お前に言われんでも、そんなことはわかっとる。……あいつらに囲まれて、職場である日、ぱたっと死んだら、本望やな」

ぞっとしました。覚悟をしているな、と思いました。

「好きなようにしい。どうなっても知らんからね」

夫はわたしのきつい言葉をかいくぐり、ゆっくりと二階へ上がって行きました。

旧神明道路を、白水《しらみず》橋の信号で左折すると、緩やかに蛇行した二車線の道路が続いています。田んぼの中に、代々続く農家の大きな屋敷が点在する一方で、道路の両側には、こぢんまりとした、ハイカラな住宅が続いています。田んぼの遥か向こうに、橙色の太陽がゆっくりと落ちて行くのを、ちらちらと横目で見ながら、わたしはいつもより車を飛ばしていました。普段からこの道路は車が少ないのです。近くにあるＳＫ自動車学校の仮免の路上コースにもなっています。

つい先ほど、ハザードランプを点滅させて道路の端に停められている、「仮免運転中」の自動車学校の車を、勢いよく追い越したばかりでした。

「信号を超えてすぐの、あんな所で停められるなんて、よっぽど危険な運転をしたんやろね」

「青信号になったのに、すぐに発車できんかったんや」

わたしが夕陽をちらちら見ている間に、夫はちゃんと前方を見ていたのです。

「ごっつ、しぼられとるやろね」

「そら当たり前や。あんなところでぐずぐずしとったら、後から来た車に追突されてしまうやろ」

「かわいそうに。仮免、今回はだめやろね」

いつになく話が合い、わたしは左手を伸ばしてラジオのボリュームを下げたり、胸に食い込むシートベルトを緩めたりと、片手だけで運転するほどの余裕を持っていました。SK自動車学校の運転の未熟な生徒のおかげで、いつもならわたしの運転を逐一注意されることから逃れられ、なんだかいい気持ちになっていました。

早目に点灯させた車のライトが、前方に見える急なS字状カーブの一部を照らしています。左方向に曲がりながら、S字の途中にふいに現れる高速道路の橋脚の数十メートル手前で、右折のウインカーを出さなければなりません。コープデイズへの細い近道が、橋脚の下の右奥に続いているからです。

幸い、見通しの悪い橋脚の向こうに、こちらに向かってくる白いライトはなさそうです。いつもの慣れたS字カーブを、わたしはブレーキも踏まずに走るつもりでした。右折のウインカーを早めに出しました。

その時でした。

いきなり、右前方の横道から、軽自動車が飛び出してきました。

ウインカーをチカチカさせながら、わたしは直進の方が優先だと考え、そのまま前進しました。

横道から飛び出してきた軽自動車は、しかし、スピードも緩めずに、まっすぐわたしの車めがけて突進してきました。

「わわわわわー」

ぶつかる瞬間の場面が、映画を見ているようにはっきりと脳裏に浮かびました。

絶対に間に合わないとわかりましたが、ハンドルをとっさに左に切り、ブレーキを力の限りに踏み込みました。

軽自動車の運転手の顔が、斜め前方のすぐそこにありました。初老の男でした。濃いねずみ色の作業服を着ていました。丸顔で、陽に焼けた顔をしていました。その眼が恐ろしく引き攣っていました。

男がぐいぐいとハンドルを右に切っている様子が、スローモーションのように目の奥に映りました。男も衝突を避けようとして、ハンドルに覆いかぶさり、必死でブレーキを踏んでいるようでした。そして、男の目は恐怖の余り、わたしを睨み付けているのです。

ぎりぎりのところで、お互いの車は相手にぶつからずに止まりました。車と車の隙間は、おそらく一センチか二センチ。

「グワッグワッグワッグワッ、ググググ」

男はウインドーを一気に下げ、大声で罵り始めました。憤怒に満ちた彼の顔は、運転席のわたしのすぐ横にありました。

「ググググ、ギギギギ、ガギガギガギガー」

人の話す言葉とは違うように聞こえました。ウインドーを下げたら、その言葉がちゃんと聞きとれたかもしれません。

でも、聞きたいとは思いません。恐くて目を合わすことはできませんでした。

一方で、相手を無視したいという気もありました。もし、助手席に、痩せたロバ(夫の人相の悪さは以前と少しも変わっていないのです)がいなければ、わたしはもしかすると、車から引きずり降ろされていたかもしれません。相手の言い方には、殺気に近いものすら感じられました。

(何をおっしゃってるのか、ちっとも聞こえませぬが。悪いのはそちらではありませぬか。ふいに横から突っ込んできたのですから。もしぶつかっていれば、わたしの方が当てられたということになります。そう、ま横からね。警察を呼ばないといけないことになりますけど、その場合、あなたに勝ち目はないと思いますけど……。ええ、事故にならなかっただけ、ほんとうに幸いでした。）

まっすぐ前を向いたままの、わたしの無言の抵抗が効いたのか、それとも助手席の夫の顔が恐かったのか、男は急にあわてふためいて車を少しバックさせ、わたしの車の前を横切り、左のわき道に入っていきました。わたしもすぐに発車しました。一刻も早く、そこから逃げたかったのです。

コープデイズの、いつもと同じ三階の駐車場に車を停めてから、わたしはこらえていた言葉を口から発しました。

「ごっつ、恐かったわー。死ぬかと思ったわー」

夫はしばらく黙っていました。

こっぴどく叱られると思っていましたので、拍子抜けしました。

「そやな。あの勢いでまともに横からぶつけられたら、お前はぐちゃぐちゃにやられるところやったな。へたをしたら死んでいたかも。もちろん、向こうの過失になるやろうけど。しかし、カスリもせんと、お互い、よう止まったなあ。軽トラのおっさん、必至の形相やったで。ホンマ、あんなの奇跡やで……」

わたしはごくりとつばを飲み込みました。脚と手が無意識のうちにガタガタと震えているのに気が付きました。そうです、わたしはもう少しであちら側に勢いよく踏み込むところでした。それを思い出すとぞっとしました。

「それにしても、お前は悪運の強いヤツやのう」

夫の声が少し笑って聞こえました。

冗談のつもりでしょう。でもこのタイミングで冗談は受け入れられません。心がぽっきり折れそうです。

(悪運が強いですって？ そんなひどい言い方はないでしょう。

ああ、そうですか。ではいっそのこと、あの時、一気にあちら側に行けばよかったのですね。神業のように、一センチのところで踏みとどまらずに、一気に、豪快に、あっという間にあちらに移動することをお望みでしたのですね。そうならなくてほんとうに残念でした。またいつか機会がありましょう。その時は後始末の方をよろしくお願いします。で、もしわたしが死んだら、誰がお粥を作ってくれるのでしょう？ 誰が野菜を柔らかく煮てくれるのでしょう？)

コープデイズ二階の紳士服売り場で、違う色合いのカラーシャツを三枚、買いました。

夫はさっそく明日からそれを着てセンターの部屋に通います。みんなに何と言われるでしょう。

夫は来年も、部屋の仲間と一緒に仕事を続ける予定でいます。

夫の居る家

夫は、神戸の家を引き揚げるにあたって、完璧ともいうべきさまざまな下準備をしていた。神大病院と連絡の取れる大きな病院を探すこと、中古の船を一艘手に入れること、ゴルフの練習場を下見すること、野菜作りを教えてくれる「教室」を探すこと……。

それらはすべてクリアできていた。一番の心配事であった中咽頭ガンの定期健診の結果はいつも「変化を認めず」であった。

夫は、最後の勤務となったS児童館長の仕事を、自ら願い出て、六十五歳の誕生日より二か月ほど早く辞めていた。

「いなかに帰るために、いろいろと準備がありますので」

という理由である。それなのに、夫はなかなか、わたしの生家に帰る決心がつかないようであった。

(本当は、あの地に行きたくないのだ)

わたしはそう思っていた。実のところ、わたし自身も生家に帰りたくはなかった。いなかで暮らすということは、ちょっと重い荷を背中に背負い、物言わぬ人々の鋭い視線を浴びながら日々を生きることに似ているから。わたしはそこから逃げ出してきたのだから。

「まだこっちにおって、やらんならんことがいっぱい残っとるやろ。子供らのために、オレたちの遺言状も作っておかんとあかんやろ。オレたちのように、相続で揉めるようなイヤな目にはもう合わせとうないからな」

と夫は言う。

では、その遺言状を作るために、たとえば公証役場などに出向くかと言えば、夫は何も行動を起こそうとはしないのだ。ただぼんやりと、うつろな目で日々をやり過ごしている。

(やっぱり。……時間延ばしの作戦かも)

そうわたしは確信を持った。

都会育ちの夫が、パチンコ店もレンタルビデオ店もない、知らぬ人ばかりの偏狭ないなかで暮らせるはずがないのだ。それをわたしにさとられぬよう、

「いなかに帰ったら、そや、自給自足の生活をしてみようぜ。畑で野菜を作り、船を出して海で魚を釣り……」

と同じ言葉を繰り返している。けれど、それはこの先に続く、予想もできない世界の不安を隠すための言い分けであろう。

何も進展せぬまま、二か月が過ぎた。

夫の様子がおかしい、と気付いた時はもう手遅れだった。「変化を認めず」と、つい数か月前に断言をした主治医も驚くほど、夫の体は衰弱していた。それは中咽頭ガンのせいではなく、胆管に突然できた、とても悪い顔付きをした胆管ガンのしわざであった。

「どうして、こんなにひどくなるまで我慢をしたのですか。なぜもっと早く、わたしに連絡をしてくれなかったのですか」

主治医は夫を叱りつけるように言った。

夫は遺言状を作ることも、中古の船を手に入れることもできず、それからわずか一か月後に亡くなった。わたしの生家の畑で野菜を作ることも、自給自足の生活をする夢もかなえられず……。

夫のお骨を胸にしっかりと抱いて、わたしは生家に戻ってきた。

西方寺《さいほうじ》の若い住職にお経をあげてもらい、先祖の墓に納骨をした。真っ白い夫のお骨は、八年前に亡くなった母のそばに、息子の手でていねいに並べて置かれた。

生家での一人暮らしが始まり、何日か経った時のことであった。明け方、珍しいことだが深い眠りの波が途切れ、わたしはおぼろな意識の中にいた。ふっと何かの気配を感じた。夫が、居る……。

わたしは、片側を壁にくっつけたシングルベッド（ベッドというより、畳一畳分の台というのがふさわしい）の上に壁を背にして寝ていた。夫はわたしの背後にいて、わたしに添うように同じ恰好で横になっているようであった。夫の体の存在を背後に感じるけれど、接触感は全くない。わたしはおぼろな頭で考えていた。

このわずかな隙間に、どうやって？

現実には不可能である。

だが、夫はそこに居た。（振り返ってはっきりとみたわけではないが、確かにそう感じた）

「どないしたん？」

わたしは目を閉じたまままそう問うた。

「……………」

「わたしのことが、心配なん？」

「……うん」

低い、聞き慣れた声であった。

「大丈夫よ。わたし、毎日、ちゃんとやってるから。荷物も片付けているから」

夫がうんと大きく頷いているのがわかった。

「オレは今、この家に居るからな。このオレがついとるから、何も心配せんでええぞ」

そう言うと、夫はすうっと壁の中に吸い込まれていった。

深い眠りがやってきた。

あとがき

生家に戻り、ひとり暮らしを始めて、もう二年と四か月になる。想像もできなかったことだが、わたしは、土を耕し、花を咲かせることに夢中になっている。晴れた日は必ず、家の近くの畑に行く。

一反ほどのその畑は、人の手が入らなくなって十年余り。日当たりのいい畑であるが、タヌキが棲み着いていると聞かされていた。背の高い様々な雑草が生い茂っていた。根気よくカマで雑草を刈り続けた。全部刈り取るのに半年かかった。続いてクワで根を削り取り、土を掘り返す。少しずつ、少しずつ。湿った土の匂いを嗅ぐと父や母のことを思い出す。二人が一番大切にしていた畑だ。

わたしは場所を選びながら、百株ほどの芝桜を植えた。いくつもの円形に植えた。鉢植えの紫陽花の花も何本か畑に移す。こちらは一列に。

花の好きな友人が、紫、黄色、ピンク色の花を咲かせるジャーマンアイリスと、カンゾウの株をたくさん分けてくれた。カンゾウの花の色は濃い橙色だ。それらを丁寧に植え付けた。どちらも株分けをすればどんどん数が増えていく。今に畑中が紫や黄色やピンクや、濃い橙色に染められていく……。想像するだけで胸がわくわくする。

夫がいたら、花ではなく野菜を作っていただろうか。

常に寛大な心でやさしくご指導くださった「創作教室」の眉村卓先生と、教室の皆さまに、深く感謝いたします。

刊行に際し、励ましてくださった涸沢純平氏に、心よりお礼を申し上げます。

二〇一五年三月

瀬戸みゆう

初出誌

退院予定日	未発表	
隣人	二人誌「半月」2号	二〇一三年十一月
そしてスコールがやってきた	二人誌「半月」2号	二〇一三年十一月
「男」の教育	二人誌「半月」3号	二〇一四年七月
七月二日のこと	二人誌「半月」創刊号	二〇一三年三月
階段	二人誌「半月」創刊号	二〇一三年三月
光る石	「風響樹」45号	二〇一四年十二月
些末な記録	未発表	
マリンちゃんのいたパチンコ店	「シーストーリー」改稿	二〇一四年十月
あと一週間	二人誌「半月」2号	二〇一三年十一月
夫の居る家	未発表	

瀬戸みゆう（せと・みゆう）本名・折本俊子（旧姓・瀬戸俊子）
1947年　山口県大島郡生まれ。
1970年より14年間、神戸市立小学校教諭を務める。
1986年より３年間、ブラジルのマナウス市に滞在。
1994年から2004年まで「あめんすい」に在籍。
1996年　『スコール』編集工房ノア
2000年から2007年まで、大阪文学学校在籍、修了。
2003年から2012年まで、「森時計」同人。
2005年　「水ようかん譚」第25回大阪文学学校賞受賞。
2008年から2011年まで「港の灯」同人。
2009年　『棚の上のボストンバッグ』編集工房ノア
2012年　改姓し、山口県大島郡の生家に戻る。
2013年３月、二人誌「半月」を鋳雅代と始める。
2013年４月から、大阪毎日文化センター、「眉村卓の創作教室」に在籍。
住所（〒742-2513）山口県大島郡周防大島町森664
折本方

夫《おっと》の居《い》る家《いえ》
二〇一五年五月十五日発行
著　者　瀬戸みゆう
発行者　涸沢純平
発行所　株式会社編集工房ノア
〒五三一―〇〇七一
大阪市北区中津三―一七―五
電話〇六（六三七三）三六四一
FAX〇六（六三七三）三六四二
振替〇〇九四〇―七―三〇六四五七
組版　株式会社四国写研
印刷製本　亜細亜印刷株式会社

ISBN978-4-89271-229-6

表示は本体価格

棚の上のボストンバッグ　瀬戸みゆう

ゼントク（善徳）と慕われた父の姿、気丈な母の声、寡黙な祖母の背中。周防大島、宮本常一の島の民俗と、いとしき人びとの生と死の雅楽。　二〇〇〇円

スコール　瀬戸　俊子

雄大なアマゾンの流れ。スコールと灼熱の太陽。ブラジル・マナオスの日本人社会。日本人学校派遣教師の妻で、音楽講師もした私の滞在記。　一八〇〇円

不機嫌の系譜　木辺　弘児

自虐　果てしなき迂回　と記した父の詩。漱石「坊っちゃん」のたぬき校長、祖父・住田昇日記の発見。とらえがたき肉親の深層に分け入る。　二〇〇〇円

日々の迷宮　木辺　弘児

異才少女にすべてを見透かされ、平凡な技術者から文学へとのめり込む、僕と少女・キリコとの黙示の関係。彷徨と幻想の合うラセン小説。　二〇〇〇円

雷の子　島　京子

古代の女王の生まれ代わりか、異端の女優の奔放な生と性を描く表題作。独得の人間観察と描写。名篇「母子幻想」「渇不飲盗泉水」収載。　二二〇〇円

書いたものは残る　島　京子

忘れ得ぬ人々　富士正晴、島尾敏雄、高橋和巳、山田稔、ＶＩＫＩＮＧの仲間達。随筆教室の英《はな》ちゃん。忘れ得ぬ日々を書き残す精神の形見。　二〇〇〇円

カタンコ・ションピコ・ガザの花
錺　雅代

ふるさと秋田。自然と人がひとつになり、みな生気にあふれていた。全部が遊び場だった無限の時間。四季の花々となつかしい暮らし。　一八〇〇円

亜那鳥さん
森　榮枝

中央アジア・サマルカンドで家族同士の交歓。スコットランドの古城めぐり、ドイツの東西時代、ソ連崩壊直後のロシア、時の流れを旅する。二〇〇〇円

正之の老後設計
三田地　智

全編を貫いて、すばやく見えてくるのは、知力、行動力を合わせ持った女性たちの颯爽とした姿である。独特の確固とした形（島京子氏評）。　二〇〇〇円

衝《つく》海《み》町《まち》
神盛　敬一

第4回神戸エルマール文学賞　少年を主人公とした純度の高い力作4編。悲しみを抱いて未来を切り開く。汽笛する魂の「ふるさと」少年像。二〇〇〇円

恋するひじりたち
島　雄

女犯《にょぼん》にあらず。人としての自然な愛と性に向きあった、聖《ひじり》たちの求道の旅を、自身の人生探訪と重ね描き、紀行する。西行、親鸞、明恵、良寛他。二〇〇〇円

幸せな群島
竹内　和夫

同人雑誌五十年　青春のガリ版雑誌からVIKING同人、長年の新聞同人誌評担当など五十年の同人雑誌人生の時代と仲間史。　二三〇〇円